재외도민의
제주 이야기

재외도민의 제주 이야기

초판 1쇄 발행 | 2022년 2월 17일

지은이 | 권한조
펴낸이 | 김지연
펴낸곳 | 마음세상

주 소 | 경기도 파주시 한빛로 70 515-501

신고번호 | 제406-2011-000024호
신고일자 | 2011년 3월 7일

ISBN | 979-11-5636-471-9 (03810)

원고투고 | maumsesang2@nate.com

* 값 13,400원

* 마음세상은 삶의 감동을 이끌어내는 진솔한 책을 발간하고 있습니다. 참신한 원고가 준비되셨다면 망설이지 마시고 연락주세요.

재외도민의 제주 이야기

권한조 지음

마음세상

프롤로그_ 육지이민 2세 … 8

제1장 살고싶다, 제주
제주 골드러시 … 13
사람은 나면 서울로 보낸다? … 20
제주에서 돈을 번다는 것은 … 23
제주의 학교들 … 29
제주이민 … 35

제2장 느끼고 싶다, 제주
올레, 저가항공, SNS, 그리고 슈퍼스타 … 41
한달살이의 로망 … 46
더 이상 심심하지 않은 밤 … 51
헛걸음하지 않는 계획 짜는 법 … 56
가족에겐 어려운 올레 … 62
다크투어리즘 … 67
미술관, 박물관의 왕국 … 72
변덕스러운 제주 날씨를 즐기는 법 … 77
차라리 동남아에 간다니? … 82
아이와 함께 제주 1 - 아이의 마음 관리 … 87
아이와 함께 제주 2 - 부모의 마음 관리 … 91

제3장 알려주고 싶은 숨은 이야기
노란 제주와 우장춘 박사 … 97
제주를 대표하는 색 … 101
제주에게 감귤이란 … 104
용천수와 생활사 … 108
제주 하늘길 이야기 … 112

제주 포구 이야기 … 116
이제는 볼 수 없는 장면 … 119

제4장 옛 것을 통한 인사이트
말은 나면 제주로 보내고 … 125
1목 2현제와 현대의 행정구역 … 129
3성 9진 25봉수 38연대 … 132
환해장성 … 136
돌하르방 … 139
제주의 향교 … 142
돌담 이야기 … 149

제5장 원도심 이야기
제주성 … 154
관덕정, 제주 광장의 역사 … 156
산지천 … 159
제주시청과 근대건축 … 163
최초 타이틀을 보유한 건축물 … 168
주정공장과 적산가옥 … 173

제6장 제주의 생활풍경
결혼식 풍경 … 177
1만8천 신이 있는 섬 … 181
사라져가는 사투리 … 183
거리감의 차이 … 189
더 이상 삼다도가 아니야 … 192
개발과 훼손의 경계에서 … 195

에필로그_ 재외도민의 제주이야기 … 199

프롤로그

육지이민 2세

어린 시절, 그러니까 80년대 즈음 신문이나 뉴스를 보면 '재미교포', '재일교포'에 관한 소식이 많이 들려오던 기억이 난다. 어떤 이들은 꿈꾸는 그 무엇인가를 찾아 이민을 택했을 수도 있고, 어떤 이들은 어쩔 수 없이 해외에서 살아갈 수 밖에 없는 상황에 처했던 이들도 있을 것이다. 저마다 말 못할 사정들이 있었을 것이다. 지금 이 순간에도 많은 분들이 고국과 멀리 떨어진 곳에서 '이민자'로 열심히 살아가고 있다.

육지이민 2세! 나는 서귀포 출신의 아버지와 제주시 출신의 어머니가 결혼을 하시면서 일자리를 따라 육지로 올라온 경우이다. 부모님 생각에는 아마 자녀의 교육도 염두에 있으셨으리라. 나는 그렇게 육지이민 2세가 되었다. '이민'이라는 단어가 가당키나 하겠냐만, 이민이라고 일컬어질 만큼 많은 것이 육지와는 다른 점들이 많은 곳이 바로 제주이다. 뒤집어 생각해보면 대대손손 제주에서 자란 사람이 육지로 이주하는 것 역시 완전히 다른 환경에 놓이는 것이다. 이는 '이민'이라 부를 만큼 나름 거대한 도전이었음이 분명하다.

어릴 때부터 명절이나 방학 때면 으레 비행기를 타고 제주도를 갔던 기억이 난다. 그 곳이 우리에겐 고향이었으니까. 여기서 어릴 때라 함은 K항공의 마크가 지금의 태극마크가 아닌 빨간 고니그림이던 시절이다. 내 동년배들도 그 항공사의 마크가 고니였다는 사실은 잘 기억하지 못할 것이다. 그 당시엔 반에서 비행기를 타본 아이들이 손에 꼽을 정도였기 때문에 괜히 으쓱했던 기억도 난다. 어린 마음에 나는 우리 집이 그저 풍족해서 비행기를 거뜬하게 타는 줄 알고 착각하던 시절도 있었다. 그저 승무원 누나가 고니가 그려진 사탕 하나를 줄 때면 세상 대접받는 귀족이 된 느낌이었다.

지금 와서 보면 비행기를 타는 것도, 승무원이 건네주는 사탕 하나도 사실 아무것도 아니었는데 말이다. 하지만 고향 한 번 내려가려고 많은 지출에 부담을 느꼈을 아버지의 마음은 미처 생각하지 못했다. 정말 아무것도 모르던 어린이 시절 이야기다. 이걸 이제야 이해할 수 있게 되다니 한심했다.

나는 여러 이유로 지금 제주도에 살고 있지는 못하다. 정확히는 '재외제주도민' 이다. 제주도 토박이 분들 입장에서 이미 나는 철저한 외지인이다. 도청에서 발행해준 재외제주도민증과 가족관계증명서에 본적 주소지로 기재된 서귀포 하효리 텍스트만이 공식적으로 나와 제주의 관계를 증명해 줄 수 있는 수단일 뿐, 이미 오랜 시간을 다른 공간에서 보냈다. 아무리 자주 제주를 드나들었다 하더라도 그 곳이 삶의 터전이신 분들과는 좁힐 수 없는 차이가 있음을 인정한다.

그렇다고 아무 연고도 없이 외지에서 방문하는 관광객과도 입장이 같지는 않다. 물론 나 역시 여행자의 입장도 있기는 하지만, 아직도 나는 제주행 비행기에 몸을 실을 때 어릴 적 명절에 고향에 내려가던 종류의 설레는 마음이 든다.

반면 제주는 그동안 천지가 개벽을 했다. 때로는 그 변화가 너무 아쉽고, 달갑지 않을 때가 있다. 이를테면 서귀포 새섬 앞에 새연교가 지어질 때 우리 가족은 도무지 상황을 받아들이기 어려웠다. 오랫동안 봐오던 자연 속에 인공조형물이 들어가는 것이 용납되지 않아서 교량이 세워져 유명해진 이후에도 몇 년을 들려보지 않았었다.

그러나 시간이 흘러 지금은 나도 개발과 변화에 대한 생각이 좀 달라져서, 더 이상 새연교를 색안경을 끼고 바라보지 않는다. 그리고 제주를 찾는 여행객의 입장에서는 이런 일들은 전혀 상관이 없는 문제일 수 있다. 새연교는 심지어 그들을 불러 모으는 랜드 마크 역할을 하고 있다. 오히려 관광객들의 발길을 불러 모았다는 점에서 깨달음을 얻는다. 내 생각과 시선은 보통의 여행객들과는 다르겠다는 점이다.

이렇듯 나는 제주도민도 아니고, 완전 제 3자의 관광객도 아니다. 하지만 한 편으로는 옆에서 도민들의 생각과 삶을 많이 보면서 자랐고, 또 때로는 직접 여행을 하면서 관광객의 시선도 이해할 수 있었다. 어떻게 보면 어디에도 끼지 못하는 외로운 위치이지만, 어떻게 보면 둘 사이의 가교역할을 할 수 있는 좋은 환경 속에서 경험을 쌓아왔다고 할 수 있다.

나는 SNS에 적합한 핫 플레이스나 맛집을 소개하려는 목적으로 이 책을 쓰지 않았다. 그런 방면으로는 이미 인터넷에 블로그와 SNS 포스팅들이 넘쳐나고 있다. 그리고 나보다 더 잘 아시는 분들이 너무나 많이 계시기 때문이다. 하지만 토박이와 관광객 사이의 중간자의 입장에서 제주의 본 모습에 조금 더 다가가고자 접근한 글은 쉽게 찾기 어려웠다. 그래서 글재주가 많이 부족함에도 도민과 관광객의 사이에서 중립적인 시각을 유지하며 바라본 제주와 생각들을 한번 담아보려고 애썼다. 그리고 전문적이지는 못하더라도 최대한 제주의 진짜모습과 본질에 다가가려고 노력했다. 제주를 사랑하게 되었다면 한 번쯤 생각해봐야 할 문제들에 대한 화두를 던지는 것만으로도 의미가 있는 작업이라고 생각한다.

제1장
살고 싶다, 제주

제주 골드러시

나의 뿌리가 제주에 있다고 생각한다. 하지만 어릴 적부터 제주에 대한 사랑이 지금처럼 넘쳐나던 것은 아니었다. 명절 때 남들 다 내려가던 시골이 내 경우엔 단지 바다건너 제주에 있었을 뿐이었다. 명절이나 방학 때 마다 비행기를 타고 들리던 제주! 어린 시절에도 제주에 갈 때면 물론 설레긴 했지만, 그것은 비행기를 타는 재미와 오랜만에 만나는 친척들과의 만남에 대한 기대로 인한 것이었다. 분명 제주라는 섬 자체에 대한 그리움은 아니었던 것으로 기억한다. 그런 면에서 지금 느끼는 제주에 대한 그리움과는 조금 결이 달랐다고나 할까.

제주와 본격적으로 사랑에 빠진 것은 최근 20년 정도 이내인 듯하다. 학창시절에는 아무래도 부모님을 따라 친척 분들을 만나기 위한 방문이 많았다. 제주를 둘러보는 일은 친척들과의 일정 사이에 잠시 틈이 나면 어머니 손을 잡고 따라나서는 정도였다. 아버지 어머니와 함께 용두암도 구경하고, 사계 용머리해안에서 근사한 사진도 찍었다. 땀을 뻘뻘 흘리며 산방굴사도 올라보고, 시원스런 외돌개도 둘러보았다. 당시 유명세를 떨쳤던 허니문하우스에도 가 볼 수 있었다. 사촌 동생들과 한림공원을 거닐었던 순간, 차가운 공기가 느껴지던 만장굴을 처음 방문했던 순간도 기억이 난다. 외가에서 동문시장까지 걸어가 어머니가 사주셨던 빙떡을 먹고, 나름 화려했고 큰 규모였던 지하상가도 구경 다니곤 했다. 아버지와 단둘이 비 내리던 날 한라산 영실로 오르던 산행도 기억도 난다. 학교에서 한 반에 비행기 타본 친구가 손에 꼽을만한 시절이었으니 이미 그 당시에도 남들보다는 제주를 이곳 저곳 많이 다니긴 했다.

물론 인터넷이 발달해서 정보가 넘쳐나는 지금처럼 숨은 명소들을 구석구석 찾아다닌 것은 아니었지만, 제주 출신의 부모님 덕분에 육지에 사는 사람치고는 나름 제주의 여러 장소를 비교적 어릴 적에 돌아본 셈이다. 여기까지는 부모님의 동선을 따라다닌 것이니 수동적으로 제주와 만나던 시절이라 할 수 있다.

그러던 어느 날 언제인가 화창하다 못해 햇살에 눈이 부셨던 어느 여름날 운명은 시작되었다. 우연히 들린 금능 해변에서 만난 눈부시던 하얀 백사장과 이 세상 색깔이 아닌 바다빛깔에 아내와 나는 완전히 넋을 잃고 반해버린 순간이 있었다. 정말 과장 없이 신혼여행으로 다녀왔던 몰디브보다 더 아름답던 순간이었다. 곱고 새하얀 모래가 물기를 머금고 햇살에 반짝반짝 빛나며 에메랄드빛 바닷물이 넘실대던 그곳, 그리고 산뜻한 초록 빛깔의 비양도는 마치 이 그림을 완벽하게 만들기 위한 마지막 화룡점정의 한 조각이었다. 당시 금능해변이 우리에게 준 감동은 해외 어느 관광지에서 보던 풍경보다도 진하게 느껴졌다. 물론 눈부시게 화창했던 햇살이 한 몫 하긴 했겠지만, 그 날 그 장소에서 그 날씨였던 것은 운명이었으리라. 인근의 협재해수욕장과 한림공원은 수십 년 전부터 유명했지만, 당시의 금능은 숨은 비경이라 할 정도로 찾아오는 이가 별로 없던 시절이다. 넓은 백사장에 우리만 있을 수 있어서 더 비현실적으로 느껴졌는지도 모른다.

그대로 이곳에 눌러앉아 살고 싶다는 생각이 그때 처음 들었다. 이때 금능해변에 대한 신선한 충격과 유년기부터 쌓아온 좋은 기억들이 모여서 나를 다시 제주로 이끄는 것이 아닐까 한다. 물론 기분과 상황, 함께하는 사람, 날씨와 시계, 미세먼지 등 많은 조건들이 잘 맞아서 떨어졌기에 당시 감정이 과장되었을 수는 있다. 하지만 이후 시간이 정말 많이 흘렀음에도 아직도 그 순간의 흥분은 생생하게 기억하고 있다.

다른 이들도 비슷한 경험을 한 것일까. 어쩐 일인지 최근 지난 십여 년 동안 제주로의 인구이동이 실로 엄청났다. 젊은 사람들이 육지로 많이 빠져나가서 아이들이 없어 문을 닫아야 했던 학교들이 속출할 정도로, 인구 구성이 사회문제가 되던 제주였는데, 언제부터인가 갑자기 그 인기가 믿을 수 없을 정도로 치솟아 버렸다.

요즈음 풀이 좀 꺾였다고는 하나, 실제로 지난 10년간 제주로의 유입인구는 정말이지 유례없는 증가세를 보였다. 제주특별자치도 제주통계포털 자료에 따르면 2021년 2월 기준으로 제주도 총 인구수는 697,608명에 이른다. 최근 10여 년간 제주 이주 열풍으로 50만 명 남짓하던 제주의 인구수는 70만에 육박하고 있다. 제주에서 살고 있는 사람 3명이 모이면 그 중 1명은 최근 십여 년 이내에 육지에서 건너온 사람이라는 이야기이니 실로 엄청난 변화이다.

다만 요즘은 그 성장세가 좀 주춤하는데, 인구성장률은 2015년 3.2%, 2016년 3.1%를 정점으로 다시 감소하기 시작해서 지난 2020년에는 0.1%에 그쳤지만 여전히 유입인구의 수가 우세를 보인다. 다시 전출자가 많아졌다는 소식도 들은 적이 있지만, 실제 2020년 기준으로 볼 때 전입자가 98,114명, 전출자가 94,736명으로 급증하는 추세는 꺾였을지언정 여전히 전입자의 수가 전출자의 수보다 우위를 보이고 있다.

마치 캘리포니아 골드러시 시절처럼 제주로 많은 이들이 모여들었다. 캘리포니아는 금이라는 명확한 실물 목표가 있었는데, 제주는 과연 무엇이 그들의 발걸음을 유혹한 것일까? 따뜻한 햇볕을 머금은 파란 잔디가 펼쳐진 넓은 마당, 그리고 그곳에서 해맑게 뛰노는 아이들을 상상한 것일까? 아침 출근길의 콩나물시루 같은 지옥철에 몸을 맡길 필요도 없고, 전쟁터같이 치열한 직장에서 벗어나 평온하게 지내는 꿈, 성수기 때 목돈을 들여 또 하나의 업무인 것 마냥 빡빡한 일정의 휴가를 보내지 않아도 될 것 같은 희망 때문일까? 지천에 널린 대자연과 예쁜 카페들로 매일 퇴근 후와 주말이 도무지 지겨울 것 같지 않다는 기대감 때문일지도 모르겠다.

이런 것들은 제주에 대해 많은 이들이 막연하게 가지고 있는 로망이기도 하다. 물론 막상 제주에 입도하게 된다면 꿈꾸던 세상과 현실과의 괴리에 당황할 수도 있을 것이다. 하지만 이미 제주 열풍은 한차례 뜨겁게 달아올랐고, 많은 이들이 대도시의 삶을 뒤로하고 제주를 찾아 이주하거나 여행하고 있다.

제주로의 이주를 실행하였거나 고민하시는 분들 모두 저마다의 사정이 있을 것이다. 그중에서도 많은 분이 제주를 찾는 이유를 감히 짐작해보건대, 아마도 육지에서 대도시에서의 치열함에 지쳐 어디론가 떠나고 싶은 마음에서 시작된 것은 아닐까. 출세나 부자가 되고 싶은 욕심을 접고, 작은 일에 행복을 느끼는 소위 '소확행'을 누리며 평온하게 살고 싶은 마음 말이다.

그렇다면 매일같이 치열한 삶에 지쳐서 한적함을 추구한다면 사실 육지의 다른 지방으로 이주해도 괜찮을 텐데, 하필 왜 많은 이들이 제주를 선택할까? 육지와는 다른 이국적인 날씨와 풍경? 아니면 바다를 건너야만 하는 지리적인 제약이 오히려 힘들었던 곳과의 거리감을 완벽하게 둘 수 있어서일까? 아니면 여행에서 느꼈던 힐링을 현실과 구분하지 못하고 착각한 것일까? 혹은 무엇인지는 모르지만 다른 어떤 이데아가 있으리라 생각하는 막연함이지도 모르겠다. 혹은 아이를 자연 속에서 마음껏 뛰어놀 수 있도록 하고 싶은 교육적인 의지가 투영된 결과인가? 아니면 시골이지만 시골같지 않은 힙한 곳들이 많아서?

사실 나 역시 제주로의 이주를 심각하게 고민한 적이 있다. 제주 열풍이 일어나기 전인 십수 년 전의 일이다. 당시 나는 모기업에서 금융권 IT 인프라 엔지니어 생활을 했었는데, 이 직업이 정말 주말, 밤낮, 퇴근 여부를 구분할 것 없이 신경을 곤두세워야 하는 특성이 있었다. 언제인가 휴가차 제주로 내려온 상황 속에서도 육체만 멀리 떠나왔을 뿐, 지속적인 전화 통화 속에서 정신적 시달림은 계속되었다. 그 시달림이 지나쳐 내 가족들까지 불편하게 만드는 일이 계속 반복되자 결국 울분이 폭발했다. 당시 모든 것을 접고 제주로 이주를 하려고 준비하던 기억이 난다.

그냥 모든 현실을 떠나고 싶었던 도피처로 생각했던 것 같다. 사실 내 경우는 다른 곳은 고민할 여지도 없었다.

제주의 인구증가 요소는 국내유입에 국한되어 있지 않다. 외국인 유입 비율 또한 늘어나고 있다. 2020년에 잠시 주춤하지만 이것은 코로나19로 인한 일시적인 현상으로 보이며, 앞으로도 계속 늘어날 것으로 전망된다. 제주의 외국인등록인구는 10년 전과 대비하여 볼 때 4배 이상으로 늘었다. 하지만 외국인의 증가는 앞서 추정한 국내인구의 유입과는 다른 원인으로 추정된다. 이들이 현실에서 번 아웃(Burn Out)되고 휴식을 위해 제주로 왔다고는 상상이 되지 않는다. 제주에서 해안가를 돌다 보면 'OO수산' 같은 사업장이 많이 보일 것이다. 또는 규모가 있는 한림항 같은 곳도 괜찮다. 인근에 차를 대고 유심히 살펴보라. 최근 몇 년간 제주에서도 이런 곳에서 일하는 노동자의 높은 비율이 외국인 노동자이다. 예전엔 제주에서 보지 못했던 낯선 풍경이다.

또 하나의 주목할 점은 1인 가구의 증가이다. 1인 가구에는 독거노인 가구도 있지만, 홀로 제주에 입도한 신규 유입도 많다. 1인 가구에 대한 통계는 데이터 누적이 그렇게 오래되지 않았지만 2015년 58,446가구 대비해서도 2019년에 75,353가구로 증가추세를 보였다. 불과 4년 사이에 29%나 증가한 수치이다. 1인 가구로 한정하지 않더라도 가구를 이루는 세대원의 수는 2021년 기준으로 가구당 2.3명 수준에 불과하다. 제주 출신이신 부모님 세대만 하더라도 가구당 세대원 10명은 흔한 풍경이었는데 제주가 이렇게 많이 바뀌었다.

캘리포니아 골드러시가 그랬던 것처럼 제주의 많은 인구유입은 앞으로 이

주민들의 목소리가 점점 커질 것이고, 구성원의 출신지는 점차 다변화될 것이다. 그리고 많은 인프라가 변화할 것이며 제주시나 서귀포시 시내 외에도 많은 외곽지역이 지금보다 더 개발될 것이다. 많은 것들이 변화될 것이고, 또 그 변화가 좋은 것만 있지는 않을 것이다.

외부로부터의 많은 인구 유입으로 크게 체감할 수 있는 것이 하나 있는데 바로 사투리이다. 제주뿐 아니라 여느 고향이나 마찬가지로 사투리는 내가 고향에 왔다는 느낌을 느끼게 해주는 매개체 중 하나이다. 그런데 언제부터인가 제주도에서 점점 사투리를 듣기 힘들다고 체감하고 있다. 근거가 없는 것은 아닌 것이 제주의 인구가 급격히 늘어났다 한들 출생아 수는 매년 꾸준히 감소하고 있다. 반대로 사망률은 지속해서 증가하고 있다. 출생아도 줄어들고 사망률은 늘어나는데 인구가 급격히 증가하고 있다는 의미는 제주 토박이들은 고령화되어 점점 감소하는 반면 외부유입은 이를 충분히 상쇄하고 남을 정도로 계속 증가하고 있다는 이야기이다. 즉, 사투리를 할 줄 아는 사람은 점점 줄어드는 것이다. 그러니 사투리 듣기가 힘들어질 수밖에. 언젠가는 이 정겹고 그리운 사투리를 박물관 오디오에서나 들을 수 있을지도 모른다는 생각이 날 무섭게 한다.

사람은 나면 서울로 보낸다?

옛말에 '말은 나면 제주로 보내고, 사람은 나면 서울로 보낸다'는 말이 있다. 개인적으로는 그다지 좋아하지 않는 말이지만, 과거에 그런 경향이 있던 것은 부정할 수 없다. 말에 대해서는 책의 후반부에서 조금 더 다룰 것이고, 이 장에서는 사람에 대해 살펴보기로 하자.

옛말이라고 해서 그렇게 먼 옛날로 거슬러 올라갈 것도 없다. 나만 해도 서울을 찾아 올라온 육지이민 가구의 2세이니까. 나는 서귀포 출신의 아버지, 그리고 제주시 출신의 어머니 사이에서 태어났는데, 거슬러 올라가면 조부모님, 외조부모님뿐 아니라 더 오래전부터 대대로 제주에 뿌리를 두고 있다. 아버지, 어머니가 결혼하시게 되면서 육지로 이주한 케이스이다.

제주로 이주하는 것은 단순 이주가 아니다. '이민'이라 일컬을 만큼 큰 변화와 마주하게 되는데, 사실은 그 반대도 마찬가지다. 제주에서 아무런 연고도 없는 육지로 떠나는 것 또한 이민에 준하는 큰 도전이다. 마음만 먹으면 고향까지 차로 한 두 시간 달려서 갈 수 있는 거리가 아니고, 비행기를 탄다는 것도 그 당시 사정으로 만만한 일이 아니기 때문이다. 어디 이뿐이랴. 제주와 다른 서울 문화는 어떻고, 당신들의 부모님과 멀리 떨어지는 마음은 또 어찌나 속상했을 것인지. 그런데도 나의 부모님은 결혼하시면서 육지로 터를 잡으셨다. 직장을 위해서이기도 했지만, 자녀들에 대한 교육, 그리고 미래를 더 생각하셨으리라.

부모님들은 육지로 올라와 그토록 힘들게 고생해가며 겨우 터를 잡고 뿌리를 내리셨는데, 반대로 자식인 나는 부모님이 떠나온 제주와 사랑에 빠지고, 어떻게든 제주로 내려가지 못해 안달이 나 있는 것을 보면 부모님 입장에서는 한숨이 나오실 수도 있다는 걱정도 있다.

사촌이나 지인들과 이야기를 나눠보면 일부이긴 하지만 제주를 좀 좁고 답답하다고 생각하는 이들도 있다. 어쩌면 나의 부모님도 그런 마음이 있었을지도 모른다. 물론 일부를 가지고 보편화하는 것은 위험하지만, 이렇게 생각하는 사람들도 종종 있을 수 있겠다는 짐작은 간다. 한 편으로는 그런 생각을 할 수도 있겠구나 싶으면서도 완전히 공감하지는 못하였다. 제주에서 성장하고 살아가는 이들을 나처럼 부러워하는 이들도 있는데, 반대로 그들은 내가 제주에서 살고 싶어 하고, 제주에 푹 빠지는 것을 이해하지 못하기도 한다. 때로는 서로가 서로를 부러워하는 상황도 생긴다.

최근 10년간 제주로의 인구 유입이 급증하여, 10년 전 인구 50만 명이던 이제 70만 규모가 되었다. 하지만 제주에서 타시도로 빠져나간 전출자 또한 매년 그 수가 증가하고 있다. 2019년의 전출자 수는 2011년의 150% 수준이며, 특히 서울과 경기로의 전출이 크게 늘었다.

이 전출자들이 원래 제주 출신이었는지, 아니면 적응하지 못하고 돌아가는 육지인들인지는 자세한 데이터를 확인할 수 없었다. 하지만 전입자만큼이나 서울이나 수도권으로의 전출자도 꾸준히 늘어난다는 것은 많은 사람들이 제주로 오고 싶어 하는 것만큼 제주에 있는 사람들도 서울과 수도권으로 옮겨가려는 뜻을 가진 이들이 많다는 것임은 분명하다. 숫자만 따지면 전입자의 규모가 더 크지만, 비율의 증가는 전출자 쪽이 더 꾸준한 것도 주목할 만하다.

과거 '말은 제주로, 사람은 서울로'라는 말은 교육적인 부분과 직업적인 기회와도 연관성을 갖는다. 서울과 수도권이 제주보다 더 다양한 대학과 직장의 기회가 있는 것이 사실이었다.

하지만 시대가 점점 바뀌고 있다. 요즘은 어릴 때 자연에서의 교육을 위해 거주지를 육지에서 제주로 옮기는 경우도 종종 보이고, 직주근접이 필수가 아닌 직업을 가진 많은 이들도 제주로 이주하고 있다. 전입자수가 전출자수보다 더 많은 시대이다. '말은 제주로, 사람은 서울로' 라는 말이 아직도 유효한 시대인가 하는 의문이 남는다.

사람이 각자의 상황에 만족하지 못하고 더 좋은 곳을 찾아 이동하고자 하는 것은 자연스러운 현상이다. 이 책을 읽는 이들이라면 이미 제주에 대한 많은 관심이 있는 분들일 것이라 제주로의 이주를 고민하는 분들도 그중에 계실 수 있을 것이다. 이주에 대해 어떠한 선택을 하던지 그것은 본인의 선택이고, 존중받아 마땅하다. 어느 결정이든 행복한 결과가 기다리고 있길 바란다.

제주에서 돈을 번다는 것은

예전에 직장에서 한참 번 아웃(Burn Out)이 되어버린 적이 있었다. 모든 것을 훌훌 털어버리고 제주로 숨어버리고 싶던 시기였다. 매일같이 아침에 눈을 떠서 회사로 꾸역꾸역 발걸음을 옮기는 것이 고역 같은 시절이었다. 아니 아침에 눈을 뜨는 것이 아니라, 아예 잠 자체를 제대로 이루지 못하곤 했다. 꿈에는 매일같이 회사 관련 등장인물들이 등장하고, 온종일 가슴이 꽉 막힌 느낌을 견디며 살았다. 어깨는 무거운 바위가 짓누르는 듯하고, 회의라도 있을 때면 가슴이 터질 듯이 뛰어서 사사로운 이야기를 나누는 것조차 힘겹게 느껴지던 시기가 있었다. 우울증과 사회 공포, 강박 장애가 내 몸을 갉아먹던 시기이다.

이때 제주를 염두에 둔 것은 나를 둘러싼 모든 상황을 바꾸고 싶었기 때문이기도 하고 가능한 한 정신없는 서울에서 멀리 떨어져야 한다는 자기보호의 본능도 작용했다. 물론 가장 큰 이유는 제주는 내 본적이고 고향이기 때문이다. 연어의 회귀심정이 이런 것이었을까? 제주로의 이주 열풍이 일어나기 전의 일이었으니 사회 분위기에 휩쓸린 결정은 아니었다.

이주를 검토하면서 처음엔 제주의 직장을 알아보았으나, 나와 같은 직업군은 시장이 좁아서 갈만한 곳이 거의 없었다. 특히 제주에서는 내 직업군과 관련한 산업 자체가 발달하지 않아서 관련 일자리가 거의 없었다. 당시 연봉이 반 토막 나더라도 그대로 추진하겠다는 의지가 강했으나, 알아본 결과 제주의 현실은 더욱 차가웠다. 같은 나라임에도 지역에 따라 임금수준의 격차는 존재했고, 그 중에서도 제주는 가장 심한 차이를 보이는 축에 속했다. 현재의 직업군을 유지하기도 어려웠고, 유지한다 한들 최소한의 생계유지도 어려워 보였다. 일부 괜찮은 IT 업체가 본사를 제주로 이전했던 시절이었지만, 정작 오픈된 포지션들은 내 직군과는 큰 연관성이 없거나, 설령 유사한 직군이 있어도 남는 자리는 없었다.

그래서 직장생활이 아닌 개인사업을 검토해보기도 했다. 오랜 버킷리스트 중의 하나이던 LP 바(Bar) 오픈계획을 앞당겨 실행하기로 마음먹었다. 이를 위해 퇴근 후에 지친 몸을 이끌고 커피도 배우러 다니고, 칵테일도 공부했다. 힘들게 짬을 내서 제주에 내려가 시장조사도 하곤 했다. 골목마다 유동인구도 체크하고, 이들이 그냥 지나가는 상권인지, 실제로 머무는 상권인지도 확인했다. 경쟁상대가 될 수도 있는 비슷한 가게들을 방문하며 특성들도 메모하고, 장단점을 파악하여 비교자료를 작성하였다. 꽤 오랜 시간 동안 상권과 장래성을 분석하였다. 수입이 반토막이 나는 한이 있더라도 굳게 감내할 각

오였지만, 결론은 감당할 수 있는 수준을 넘어 내가 이 아이템으로 여기에 사업을 벌이면 결국 가족 모두 굶어 죽거나 어려운 생활을 피하기 어렵겠다는 판단이 들었다.

당시에 제주 인구는 50만 남짓이었고, 제주시 30만, 서귀포 20만이던 시절이어서 내가 하려던 LP바를 운영하기에는 기본 시장 자체가 작았다. 거기에 번화가는 제원 아파트(연동), 시청(제주의 대학로), 칠성통 등으로 분산되어 있었다. 업의 특성상 관광객보다는 로컬장사로 꾸준하게 나가야한다고 생각했었는데, LP 음악에 대한 마니아층 잠재적 고객도 적을 뿐 더러 시장마저 쪼개져 흩어져 있으니 근본적으로 손님을 모으는 데 한계가 있었다. 그리고 아무리 음악이 좋다한들 결국은 생계를 위해서는 이윤을 남겨야 하는 사업이었고, LP 바 특성상 맥주보다는 위스키를 팔아야 수지를 맞출 수 있는 사업인데 당시 농/어업 비중이 크던 시기여서 새벽부터 나가셔야 하는 분들이라 LP 바와는 시간 패턴도 맞지 않았다.

그래서 결국 시작도 하지 않고 뜻을 접었다. 하지만 지금에 와서 돌이켜보면, 그때 사업을 시작했다면 사업은 소위 망했을 수도 있겠지만, 부동산으로 그 손실을 충분히 복구하고도 남았을 것이다. 당시에는 제주 이주 열풍이 불기 전이기 때문에 내 집을 처분한 돈으로 대출도 상환하고, 집도 사고 사업도 벌일 수 있을 정도였다. 그리고 이후 제주의 부동산의 상황은 모두 아시다시피 그야말로 폭발적인 가격 상승을 보였다. 하지만 다행히 나 역시 이직을 통해 회사 일이 잘 풀려서 지금은 직장생활을 충실히 하고 있다. 직업과 전혀 상관없는 책을 쓰면서 직장생활을 충실하게 있다고 적으니 뭔가 앞뒤가 안 맞는 것 같지만 일단 넘어가자.

개인적인 이야기가 좀 길었지만, 하고 싶은 이야기는 제주에서의 직업은 다양성 측면에서 다소 한정적이고, 인건비가 육지에 비해 낮게 책정되어 있는 것이 사실이라는 점이다. 부동산은 수도권 못지않고, 물류비용으로 생활 물가도 오히려 높은 편인데, 직장생활에 대한 평균적인 임금수준은 물가와는 반대편에 위치하고 있어서, 외지에서 넘어와 경제 흐름을 만들어내기가 만만치 않은 곳이다. 그래서인지 많은 제주 이주자분들이 끝내 경제적인 이유나 적응 문제를 극복하지 못하고, 다시 육지로 돌아오는 사례도 심심치 않게 들려온다.

제주에서는 여전히 농업과 관광 관련 산업이 많은 직업 비중을 차지한다. 농업은 정말 아무나 덤비지 못할 정도로 만만치 않은 일이다. "시골에 가서 농사나 지어야지~" 하고 쉽게 내뱉는 말이 얼마나 한심하고 걱정스러운 말인지는 조금이라도 깊이 생각해 본 사람은 모두 동의할 것이다. 더욱이 제주의 농어업 인구는 지속해서 감소하고 있다. 지난 십여 년 동안 제주 인구는 20만 명이 증가하였지만, 농가 인구는 2010년 114,539명에서 2019년 83,133명으로 27% 감소하였다. 어가 인구는 더 심각한데, 14,573명에서 2019년 9,123명으로 37% 나 감소하였다. 앞서 말한 이유로 이주민이 쉽게 농/어업에 뛰어들지는 못하고, 기존에 농사나 어업에 종사하시던 분들은 점점 고령화되어 그 비중이 줄어들 수밖에 없는 상황이기는 하다.

관광 관련 사업은 여러 가지가 있겠지만, 결국 제일 많은 건 숙박업과 요식업이다. 그리고 이 계통은 엄청난 경쟁이 기다리고 있다. 도내 기업 환경이 그리 좋지 못하기 때문에 서울에서 하던 직업을 계속 이어나가기는 하늘의 별 따기이다. 수입을 줄일 각오가 있더라도 말이다.

수도권 인근에서 주말에 놀러 갈 펜션을 예약해본 사람이면 알 것이다. 제주의 펜션들에 비해 형편없는 시설과 비싼 가격의 펜션들이 얼마나 많은지 말이다. 반대로 말하면 제주의 숙박업소들은 상대적으로 정말 좋은 가격에 훌륭한 시설들을 갖추고 치열하게 경쟁하고 있다는 이야기다. 얼마나 치열하냐면 내가 이번에 큰 목돈을 들여 제주에 근사한 숙박 시설을 갖추더라도 1년이 지나고, 2년이 지나면 또 더 멋지고 훌륭한 시설이 생겨나서 밀려난다는 뜻이다. 제주 여행 커뮤니티에서 2~3년 전에 인기 많던 숙소들을 찾아보고 그 곳들에 대한 글이 지금도 많이 올라오는지 살펴보면 쉽게 체감할 수 있다. 물론 꾸준히 개비하고 개선하면 유지는 되겠지만, 추가 투자비용 및 유지보수비가 그만큼 많이 소모되어 수익률을 더욱 악화시킬 것이다.

요식업도 마찬가지이다. 돈을 버는 매개 상품이 다를 뿐 어려운 이유는 숙박업과 매한가지이다. 더욱이 요식업은 정말 하루도 쉬지 않고 노동이 투입되어야 한다. 식당이 안 되면 안되는 대로 경제적으로 힘들고, 잘되면 잘되는 대로 바빠서 서울에서 꿈꾸며 내려온 안빈낙도의 삶과는 거리가 멀어질 가능성이 있다.

결국 육지에서 제주로 이주해도 생활을 유지할 수 있으려면 직업을 여러 개 갖는 편이 나을지도 모른다. 예를 들면 숙박업과 음식점 혹은 가게를 병행한다거나, 관광시설 등에 출근하면서, 혹은 글이나 블로그, 유튜브 등의 콘텐츠 생산 활동도 병행한다던가 하는 식으로 말이다. 가끔 책도 쓰고 강연도 다니던지, 혹은 종자돈이나 부동산이 어느정도 되어서 일정수준의 현금흐름 파이프라인을 만들어 적은 지역수입을 보완하던가 하는 식의 구상도 있을 수 있다. 하지만 어느 것 하나 만만한 것은 없다.

하지만 앞으로 하나 반전이 있을 수 있는 여지는 코로나19로 인한 사회변화이다. 많은 기업이 코로나19로 자의 반 타의 반 재택근무를 시행했고, 또 성과를 내고 있다. 나만 하더라도 근 일 년간 사무실에 출근한 횟수를 손에 꼽을 수 있을 정도이다. 주변에는 아예 강원도나 제주도로 거주지를 옮겨서 원격에서 업무를 보는 경우들도 생겨나고 있다. 아내의 직장이나 아이의 전학에 대한 고려만 아니면 나 역시 거주지를 바로 옮겼을지도 모른다. 재택근무를 하더라도 생산성만 유지할 수 있는 직군이라면 회사 차원에서도 굳이 비싼 사무실 임대료를 써가며 오프라인을 고집할 이유가 없다.

코로나19로 인해 먼 미래로 예상하던 재택근무의 시대가 급격하게 당겨졌다. 이미 재택근무의 생산성을 검증한 기업들은 차후에도 이를 계속 유지, 확대해 나갈 것이다. 비용 절감에도 도움이 되기 때문이다. 그리고 바로 이 현상이 제주의 거주 및 직업 형태에 또 다른 변화를 가져올 수 있다고 생각한다. 마치 제주에 이주하여 매스컴을 타고 있는 몇몇 연예인들처럼 주로 제주에서 생활하고 꼭 필요한 경우에만 서울로 잠시 다녀오는 패턴이 가능해질 수 있다는 이야기다. 개인적인 희망 사항이기도 하다.

제주의 학교들

아이들이 있는 부모들이라면 누구나 자녀들의 교육과 성장 방향에 대해 많은 고민이 있을 것이다. 본인들이 학창 시절 경험했던 천편일률적인 주입식 교육과 입시지옥 생태계를 그대로 자녀들에게 대물림하고 싶어 하는 부모가 과연 있을까? 새벽 6시 30분에 등교해서 하루 3끼를 모두 학교에서 도시락으로 해결하고 밤 11시까지 몸에 잘 맞지도 않는 불편한 책걸상과 한 몸이 되었던 그 시절, 감옥 같은 본인들의 학창시절을 반복하여 아이들에게 물려주고 싶진 않을 것이다. 요즘 학교엔 야간 자율학습을 빙자한 감금(!)이 없다지만, 어차피 방과 후 학원으로 내몰리는 아이들의 고생과 스트레스는 30년 전 우리가 겪던 그것과 크게 다를 것이 있을까. 아이가 고생하지 않길 바라지만, 한 편으로는 내 자식이 고졸로 남거나 이름 모를 대학으로 진학하는 것 또한 대부분 원하지 않는다.

부모가 자녀에 대한 확고한 교육관은 갖는다는 것은 대단히 어려운 일이다. 아이가 취학 전 이거나 저학년일 때에는 예쁜 것만 보여주고 싶고, 즐겁게 자연 속에서 뛰어다니게 하고 싶다. 잔소리 안 하고 아이 스스로 학습하되 예전의 주입식 교육이 아닌 체험식 교육을 해주고 싶은 게 인지상정이다. 그리고 많은 부모가 자신은 확고한 교육관을 가졌다고 착각하는 시기도 바로 이 무렵이다.

그런데 아이가 초등학교 고학년만 되어도 이야기가 달라진다. 도대체 아이가 왜 이렇게 쉬운 문제조차 가뿐하게 풀어내지 못하는 상황이 일어나는건지 답답한 상황이 생길 수 있다. 생각보다 이런 일은 자주 발생하고 강남에 사는 아이들은 벌써 영어로 에세이도 쓰고 토론도 한다는데, 우리 아이가 너무 뒤떨어지게 방치했나 싶은 걱정도 들 때가 온다. 이 시기에 부모 자신들이 가졌던 교육관들이 확고하지 못했다면 즉시 부모는 흔들리고 갈팡질팡하게 된다. 우리 아이를 즐겁게 자연 속에서 뛰놀고 싶게 하던 그 생각이 많은 고민 속에 수립된 단단한 교육관이었다면 흔들림이 적을 것이다. 그러나 그것이 단순히 막연한 장미빛깔 희망이었다면 그 부모는 분명 큰 혼란에 빠질 것이다.

부모가 자신들의 교육관과 가치관을 정립하는 것을 넘어서 주변 환경이나 목소리에 굴하지 않고, 끝까지 그 가치를 고수하기란 정말 어려운 일이다. 그리고 이런 굳건한 교육관을 계속 유지하는 학부모를 볼 때면 진심으로 존경스럽다. 이를 위해서는 부모 스스로가 끊임없이 연구하고 학습해야 가능한 일이기 때문이다. 그래야 선택했던 교육 방법에 대한 확신을 가질 수 있다. 그리고 그 선택을 밀고 나갈 수 있는 뚝심과 용기도 필요하다. 믿음과 용기가 부족하다면 금세 주변의 상황에 따라 흔들리고 이에 대한 교육관이 갈팡질팡할 가능성이 크다.

오해가 없었으면 하는 게 자연과 함께하고, 체험하고, 능동적인 자세를 길러주는 교육이 잘못 되었다는 게 아니라, 좋은 교육관을 흔들리지 않고 밀고 나가려면 부모 자신의 많은 학습과 단련, 의지가 요구된다는 이야기이다.

그리고 이것은 결국 나에 관한 이야기이기도 하다. 사실 난 대안학교에 관심이 많았지만, 차마 아이에게 검정고시를 치르게 할 용기는 없었다. 그래서 차선책으로 공교육이면서 발도르프가 도입되었던 학교에 갈 수 있는 아파트 단지로 이사를 왔다. 처음 2년은 매우 만족했었지만, 지금 와서 돌이켜보면 그다지 좋지 못했던 선택이었것 같다. 발도르프를 주도적으로 이끌던 선생님께서 타 학교로 전근을 가신 후에는 기대했던 교육은 더 이상 이루어지지 않았다. 오히려 교내에서 교육 가치관이 다른 교사, 학부모들이 편이 갈리면서 서로 갈등만 증폭되어 그 피해는 고스란히 아이들이 가져가게 되었다. 심지어 경기도로 이사 오면서 매도해야 했던 서울 부동산은 유례없는 폭등을 하면서 나를 약 올리는 듯했다. 만약 내 교육관이 확고했다면 애초에 대안학교를 선택했을 것이다. 지나고 보니 확고한 줄 알았던 교육관은 단순히 막연했던 동경일 뿐이었다.

제주도에서 학교를 유심히 둘러보신 분들은 아시겠지만, 모든 초등학교 운동장에 잔디가 깔려있다. 그것도 천연잔디로 깔려있다. 그저 운동장을 바라만 봐도 마음이 열린다. 선생님 한 분당 학생 수 비율도 좋은 편이고, 이곳에서라면 아이가 자연과 함께 스트레스 받는 일 없이 즐거운 학교생활을 할 것만 같다. 많은 부분 사실이지만 요즘 말로 '사바사, 케바케(사람 by 사람,

Case by Case)' 이니 확실한 단언은 금물이다.

한 때 제주의 초등학교는 이농 현상으로 입학생이 없어 폐교를 피하는 게 지상 과제 일만큼 힘들었던 시기가 있었다. 한 대기업의 모바일 CF를 통해 유명해진 더럭초등학교만 해도 당시에는 분교였고, 학생들이 없어 폐교 위기에 몰리기도 했던 곳이다. 주민들이 힘을 모아 학생을 모으기 위해 입학을 조건으로 임대주택도 마련하기도 하는 등 각고의 노력과 제주의 인기 성장세에 맞물려 지금은 다시 초등학교로 승격한 케이스이다. 납읍초등학교도 좋은 예이다. 납읍초등학교 역시 이농 현상으로 학생 수가 급감하였으나, 학교가 사라지면 마을도 사라진다는 위기의식 속에 마을주민들이 십시일반 힘을 모아 빈집 무상 임대 등 취학생을 모으기 위해 각고의 노력을 기울여 현재와 같이 잘 자리 잡은 사례이다.

반면에 지금은 카페로 부활하여 다시 인기를 끌고 있는 명월국민학교, 지금은 자연사랑갤러리로 활용되고 있는 가시초등학교, 김영갑 갤러리로 변모한 삼달분교 등은 비록 새 생명을 얻어 잘 활용되고 있지만, 이에 앞서 폐교의 운명을 피하지 못한 안타까운 곳들이다.

현재는 제주의 학교는 초등학교(본교) 113개교, 중학교 45개교, 고등학교 30개교가 운영되고 있다. 2019년 통계조사 기준이기 때문에 지금은 약간의 변동이 있을 수는 있으며, 초등학교 기준으로 교사 한 명당 학생 수는 13.6명, 학급 한 개당 평균 학생 수는 24.15명이다. 2015년부터는 많은 학교가 다혼디배움학교라 하여 '학교 문화의 변화'를 가치로 걸고 교육 주체들의 자발성에 기반하여 다양한 교육 활동들을 추진 중이다. 난 이것은 긍정적인 변화이고 교육계가 한번은 겪어야 할 성장통이라고 생각하지만, 가치관에 따라 어떤 학부모들은 아이들 성적 떨어진다고 싫어할 수도 있는 정책이다.

고등학교의 경우 이제는 제주의 진학제도가 변경되어 좀 더 살펴볼 필요가 있겠지만, 얼마 전까지만 해도 제주도는 대표적인 고교 비평준화 지역이었다. 불과 얼마 전까지는 대학교 가듯이 시험을 보고 성적순에 따라 고등학교에 합격하거나 불합격했다는 이야기이다. 특히 제주에서는 우수하다는 일부 고교가 제주시에 편중되어 있었다. 그리고 대중교통은 서울의 그것에 비할 수 없는 것이 현실이다. 그래서 고등학교 때부터 자취를 하는 경우가 많다. 나의 부친은 집이 서귀포였지만, 고등학교 통학을 위해 어린나이부터 제주시에서 자취를 했었다. 지금도 그렇지만 그 당시에 서귀포에서 시로 넘나드는 일이 쉬운 일이 아니었다. 반대로 시험 성적에 따라 제주시에서 변두리로 통학하는 경우도 있다. 아이는 사회에 나오기도 전부터 남들과 반대 방향으로 통학하며 세상의 무서움과 경쟁에 대해 많은 것을 느끼기도 한다.

개인적으로 비평준화는 장기적으로 볼 때 아이들의 경쟁력을 저하시키는 제도라고 생각한다. 적어도 전국이 모두 비평준화가 되지 않는다면 조건이라면 문제가 있다. 평준화 지역의 아이들이 중학교 때 선행학습을 하면서 앞으로 달려 나갈 때, 비평준화 지역의 아이들은 고교입시를 위해 선행학습은 꿈도 꾸기 어려운 상황이다. 고입시험이 중학교 과정에서 출제되는 이상, 비평준화 학군의 고입 준비생들은 재수를 피하고자 어쩔 수 없이 중학교 과정에 매몰되어야 한다. 여기서 한번 평준화 지역과 격차가 벌어진다. 그리고 설령 학교에 간다한들 비슷한 수준의 아이들을 모아두다 보니 많은 이들이 예전과 같은 등수를 고수하지 못하고 자신감을 잃어버리게 된다. 나도 학창시절에 비평준화 제도에서 나름 전국에서 자웅을 겨루던 고등학교를 졸업했다. 하지만 중학교 때에는 우등생 대접을 받던 나 역시 우수한 인재가 우글거리던 그 곳에서는 보다 더 점수가 높은 친구들의 내신 점수에 베이스를 깔아주곤 했다. 학생으로서 비평준화를 직접 겪었보았기에 어떤 것인지 잘 이해하고 있다.

지금은 제주에 평준화가 도입되어 앞으로 어떻게 학교들의 모습이 변모할 것인지 기대된다. 앞서 말했던 비평준화의 그늘은 많이 없어지리라. 반면 전통적인 명문고인 오현고, 제주일고, 대기고 등의 명성은 그대로 유지될 것인지도 관심사이다. 다만, 이미 육지에서 평준화로 전환된 많은 명문고 중에서 선/후배들과의 단절 현상이 생기는 곳이 있지는 않을지 우려된다. 힘들게 학교에 들어왔던 선배들은 평준화된 기수 이후로 들어온 후배들을 인정하지 않는 현상을 말하는데 매정하다고 손가락질 할 수 있겠지만, 현실이 그렇다. 본인의 모교 역시 비슷한 현상을 가지고 있다.

혹시 제주로의 이주를 생각하시는 분들은 제주의 교육제도에 대해 입체적으로 잘 알아보시기 바란다. 내가 위에 적은 이야기들 또한 결국 한 사람의 주관적인 경험과 의견이 녹아있을 뿐이다. 부디 많은 자료를 찾아보고, 여러 시각의 이야기들을 들어보시기 바란다. 그리고 자신의 교육관이 얼마나 확고하고 잘 정립되어 있는지부터 돌아보시기 바란다. 그렇다면 그 선택이 어떤 것이 되었든, 서울의 학교에 다니든지, 제주를 선택하던지 옳은 결과, 후회 없는 결과를 가져올 것이다.

제주이민

제주로 이주하는 것은 '제주이민'이라 했다. 육지에서 인근 옆 도시로 이사가는 것과는 많은 차이가 있다. '이민'이 힘든 이유는 말이 잘 통하지 않고, 아는 사람도 없고, 문화도 차이가 있고, 일자리 구하기도 만만치 않기 때문이다. 그리고 제주로의 이주는 서울에서 경기도로 이주하는 것과는 비교할 수 없을 정도로 거의 모든 상황이 '이민'에 준할 정도로 달라진다.

섬이라는 특수한 환경이 불러오는 지리적인 단절로 인한 거리감이 있다. 많이 없어지긴 했지만 처음 듣는 사람에게는 마치 제2외국어처럼 도대체 무슨 뜻인지 짐작이 가지 않을 사투리도 있다. 제주에서 어느 지역에 정착하느냐에 따라 다르겠지만, 프라이버시를 보장받던 도시와 달리 많은 참견이 있을 수 있는 시골 문화도 생소할 것이다. 만만치 않은 경제 환경과 물가는 어떠한가. 거기에 친구들이나 가족들과의 이별 아닌 이별도 무시할 수 없다. 때에 따라 배타적이라고 느낄 수도 있는 궨당 문화 등도 때로는 힘들 수 있다. 심지어 택배비조차 비싸고 그마저도 배달이 불가한 물건이 많다. 이토록 많은 사항들이 육지에서 옆 동네로 이사 갈 때는 느끼지 못했을 새로운 도전들이다.

그래서 제주로의 '이민'을 준비하려면 많은 준비가 필요한데, 준비를 많이 하고 가더라도 실패해서 유턴하는 사례들이 있다. 하지만 더 위험한 경우가 바로 친척이 제주도에 있거나, 제주 여행을 자주 가거나 하는 등 어느 정도 제주를 잘 안다고 자만에 빠져 착각을 반복하는 경우이다. 바로 나 같은 육지 이민 2세이자 재외제주도민 또한 섣불리 덤벼들다가 실패하기 아주 좋다고 한다. 아예 제주가 미지의 세계라면 정말 열심히 알아보고, 물어보고, 공부하고 할 것인데 어설프게 아는 경우가 바로 자만의 지름길이기 때문이다. 그래서 한참 고민하다가 이주를 일단 포기했던 십여 년 전의 그 결정이 후회되지 않는다.

덕분에 나는 좀 더 고민하고 성장할 시간을 가졌고, 제주에 대해서도 좀 더 진지하게 공부하고 알아가면서 이렇게 책을 써볼 기회도 주어지고 했다. 그리고 도피처로서의 제주가 아닌 내 도전을 실현하기 위한 이주를 계획하고 기다릴 수 있게 되었다. 덕분에 이후에 좀 더 좋은 기회가 있으리라 생각한다.

물론 도피처로써 제주를 선택한다는 게 나쁘다고 단정 지을 수는 없을 것이다. 하지만 탄탄한 준비가 없는 단순 도피성 이주는 실패할 가능성이 높다. 왜 가고 싶은지, 나는 거기서 무엇을 할 수 있는지 꼭 고민하고 실행에 옮기시길 바란다.

내가 한참 제주로의 이주를 고민하던 시절 즐겨보던 인터넷 커뮤니티가 있다. 인터넷 카페 형식을 띠었지만, 개인 블로그와 비슷하게 제주로 이주해서 정착하면서 이야기를 카페에 담아내고, 비슷한 입장의 사람들과 정보와 고민도 서로 나누던 카페이다. 그 곳의 주인장은 이제는 잘 정착하셔서 카페의 주제가 좀 바뀌었다. 당시 카페의 주인장은 고내포구 앞에 무인 카페를 내었는데, 아직도 그 자리에서 굳건하게 자리를 지키고 있어서 고내포구를 지날 때마다 흐뭇해하곤 한다. 당시 게시판을 오로지 눈팅만 했었기 때문에 주인 분은 내 아이디조차 모를 것이다. 당시만 해도 왜 저런 외진 곳에 가게를 내었는지 의문이 들었다. 하지만 이후 제주 여행패턴이 완전히 바뀌면서 제주에서 더 이상 외진 곳이란 존재하지 않을 정도로 붐비게 되었기에 이제는 크게 걱정되지 않는다.

제주 문화가 배타적이라고 하는 이들이 많은데, 반은 맞고 반은 틀리다고 볼 수 있다. 사실 시골은 어딜 가나 배타적이다. 아니 도시는 배타적일 수도 없다. 도시에서는 아예 서로 아는 척을 하지도 않고 기대도 하지 않으니, 배타적이라고 서운해할 기회조차 없다.

제주는 역사적으로 외세는 물론 육지로부터도 괴롭힘을 많이 당해왔다. 그것도 아주 오래전 몽골과 삼별초의 시대부터 말과 귤을 수탈당하던 시대, 유배의 시대를 거쳐, 4.3의 아픔까지 말이다. 육지 사람을 좋아할 수가 없는 역사이다.

재미있던 일화가 하나 있다. 가족끼리 액티비티를 즐길 수 있던 테마파크 중 하나를 방문했을 때의 일이다. 당시 안내를 해주시던 분은 연세가 지긋하신 제주 분이셨는데, 손님에게 건네는 말투가 참 퉁명스러우셨다. 그런데 내가 막상 티켓을 제시하니 갑자기 제주 사투리를 쓰시며, 이런 저런 질문을 하시면서 친절하게 대해주셨다. 티켓에 제주도민 할인 기록을 발견하신 것이다. (재외제주도민증은 이래저래 쓸모가 많다!) 하지만 나는 제주 사투리에 대해 리스닝(듣기)만 가능한 사람! 물론 스피킹도 하려면 말은 꺼내보겠지만, 어색할 것이 뻔하다. 결국 서울말투로 답변했더니 아저씨는 다시 퉁명스러운 모드로 돌아오셨다.

하지만 이런 것에 상처를 받는 사람도 있고 그러려니 하고 나처럼 넘어가는 경우도 있다. 나는 제주 출신 중에서도 무뚝뚝함으로는 선두를 다툴법한 어른들을 많이 보고 자랐기 때문에 이해할 수 있다. 어쨌든 그런 차가운 말투에도 이면에는 친절함과 정이 있다는 것을 알고 있기 때문에 큰 문제가 되지 않았다. 앞선 일화 속의 그는 단순히 동향 사람이 반가워서 그랬던 것이지, 육지에서 온 사람을 무시하거나 멀리하려고 한 것이 아니라는 걸 알고 있다. 그냥 평소 말투가 무뚝뚝했을 뿐. 하지만 이런 것들이 쌓여서 오해를 낳을 수 있다는 것 또한 인정한다.

즐겨보는 동영상 중에 한 방송국 여성PD가 멀리 김제의 오래된 폐가를 덜컥 사서 하나씩 고쳐나가는 콘텐츠가 있었다. 그녀는 이웃분들과 적극적으로 소통해나가며 금세 마을의 일부가 되어 함께 살아나가는 모습을 보여준다. 특히 초창기에 그녀의 진정성과 스스로 먼저 한 발자국 다가가려는 붙임성이 인상적이다. 이웃 분들이 같은 마을의 일원으로 받아들이고 마음을 여는 데에는 이런 모습들이 도움이 되었다.

배타적인 문화가 걱정되는 분들이라면 이런 내용의 인터넷 동영상 콘텐츠를 참고하는 것도 도움이 될 것이다. 외지에서 온 이방인이 어떻게 해야 자연스럽게 마을에 녹아 들어갈 수 있는지 힌트가 담겨있다. 어떻게 먼저 이웃들에게 마음을 열고 다가가는지 말이다. 해당 방송을 보고 있노라면 영상과 자막, 잔잔한 음악이 아주 아름다워서 힐링이 된다는 것은 추가 보너스이다.

꼭 제주로 이주하지 않더라도 제주를 즐길 수 있는 방법은 아주 많다. 요즘같이 비행편이 많은 시대에는 계절에 한 번씩 내려가는 것은 일도 아니다. 매달 내려가는 사람, 주말마다 내려가는 사람들도 있으니까 꼭 거기서 돈벌이를 하고 살 필요는 없다. 아니면 한참 유행했고 아직도 인기가 많은 한달살이, 일년살이도 방법이다.

그럼에도 제주로 완전히 이주를 고민하고 싶어 하는 분들이 있다면 응원을 보내고 싶다. 그리고 제주로 이주를 선택하든, 현재 거주하고 있는 동네에 남든 어떤 결정을 내려도 좋은 결과가 있기를 바란다. 제주를 가고 싶은 감정도 중요하지만, 이 감정을 좋은 감정으로 유지하기 위한 이성적인 판단과 준비, 열린 마음도 꼭 챙길 것을 당부한다. 제주로 이사를 하든 여행을 가든 우리 언젠가는 제주에서 오가면서 언젠가는 마주칠 수 있을지도 모르니, 여러분에게 이 책을 통해 제주에 대해 해주고 싶은 말이 아주 많다.

제2장
느끼고 싶다, 제주

올레, 저가항공, SNS, 그리고 슈퍼스타

과거 80년대, 90년대를 거쳐 2000년대 초반까지의 일반적인 제주 여행패턴은 성산일출봉, 천지연폭포, 만장굴, 용두암 등으로 대표되는 전통적인 유명관광지로 국한되었다. 그리고 그마저도 한번 방문한 이후에는 다시 제주에 오는 일이 드물었다. 다양한 여행코스가 개발되지 못한 까닭에 굳이 비싼 비행기 값을 지불하면서 가본 곳을 또 보러 올 이유가 별로 없던 것이었다. 제주 여행에 관한 대화를 할 기회가 생기더라도 일반적인 대화는 "너 제주도 가봤어? "라는 질문에 "응" 혹은 "아니"라는 이분법적인 패턴이 일반적이었다.

그러던 2007년 어느 날 올레길의 등장은 제주 여행의 패턴을 180도 뒤집어 놓았다. 2007년 9월 처음 소개된 1코스를 시작으로 올레길은 해마다 새로운 코스가 추가되며 결국 제주 전체둘레를 순환하게 되었다. 그리고 이는 기존 유명 관광지 위주의 여행패턴에서는 느낄 수 없는 제주 구석구석의 매력을 세상에 널리 알렸다. 물론 올레길에도 이미 알려져 있던 관광지들이 일부 포함이 되어 있지만, 그보다도 제주의 동네길 구석구석을 세상에 끄집어내었다. 사람들은 유명한 관광지가 아닌 곳에서도 육지와는 다른 풍경과 잔잔한 매력을 느끼며 어느새 제주에 빠져들고 있었다. 바로 걷기가 만들어낸 힘이다. 올레길이 처음 만들어질 때 스페인 산티아고 길에서 모티브를 얻었다고 했다. 사실 나 또한 오래전 배낭여행을 갔을 때 보스턴 프리덤 트레일 같은 길을 접하고, 우리나라에도 하나쯤 있으면 하는 생각을 했었다. 물론 세상엔 생각을 실행에 옮기는 이가 있고, 그냥 마음속으로만 생각하다 마는 경우가 있다. 역시 세상은 도전하고 실행하는 자들에 의해 변화된다.

여행패턴이 바뀌게 된 하나의 중요한 터닝 포인트는 바로 저가 항공사(LCC)들의 등장이다. 기존에는 제주로 가려면 두 개의 메이저 항공사에 의존했었는데, 비행기 티켓 비용 부담이 만만치 않았다. 심지어 88년 이전에는 단일 항공사 체제였기 때문에, 선택의 기회조차 없었다. 이때는 학교에 비행기를 타본 친구들이 거의 없던 시절이고, 운행 편수도 많지 않았다.

하지만 2005년부터 2010년에 이르기까지 꽤 많은 저가 항공사들이 서비스를 시작했다. 이들 저가 항공사들의 출현은 올레길과 맞물려 엄청난 시너지를 내었다. 이제는 비행기를 타기 위해 목돈을 지출하지 않아도 되었다. 평일에 날짜와 시간만 잘 맞으면 육지에서 버스나 기차를 타는 것보다도 싼 가격으로 제주행 비행기에 몸을 실을 수 있는 세상이 왔다. 올레길을 통해 이전과 달리 제주에서 볼거리가 많아졌는데, 비행기 운행 편수도 많아지고, 비용 부담도 줄어들었으니 당연히 제주를 찾는 여행객은 급증하게 된다.

1994년 제주를 찾은 연간 관광객은 3,692,548명으로 제주의 관광 수입은 8,895억 원이었다. 저가항공사가 나오기 직전인 2004년 역시 4,932,512명의 관광객과 1조 6,787억 원의 관광 수입을 기록했다. 10년간 꾸준하게 증가하긴 했지만, 기록적인 성장세라고는 볼 수 없다. 하지만 저가 항공과 올레길이 출현한 이후 10년간 방문객은 그야말로 폭증했다.

2014년에는 방문객 1,200만 명을 돌파하였다. 올레길과 저가항공이 생기기 전에는 10년간 130만 명이 증가했지만, 올레와 저가항공 이후에는 10년간 무려 연간 방문객이 700만 명이 넘게 증가한 것이다. 비율로 봐도 1994년 대비 2004년 연간관광객은 33% 증가했으나, 2014년에는 2004년 대비 무려 149% 증가했다. 참고로 사드사태 이전인 2016년과 코로나19 이전 2019년에 제주를 찾은 관광객은 연간 1,500만 명을 상회한다. 1년 동안 최소한 한집에 한명 정도는 제주를 찾는다는 이야기이다. 실로 어마어마한 숫자이다.

이토록 제주 관광의 패턴이 바뀌고 방문이 활성화된 것에는 몇 가지 요인이 더 있다. 하나는 바로 SNS 의 활성화이다. 이는 제주 구석구석에 '숨은 비경'이라는 말이 더 이상 통용되지 않게 만들었다. 물론 아직도 깊숙한 곳들에 조금은 남아있지만 이마저도 곧 사람들로 붐비게 되는 것은 시간 문제리라. 다만 한 가지 아쉬운 점이 있다면 예쁜 사진을 남기는 것에만 집착하는 경향이 조금 있는 것 같다. 숨은 비경이라 한들 똑같은 구도와 똑같은 포즈로 유행처럼 장소를 바꿔가며 몰려다니는 SNS 포스팅들은 마치 수십 년 전 신혼여행지에서의 똑같은 장소, 똑같은 구도, 다른 모델의 판박이 사진들과 다를 것이 없어 보인다.

한 슈퍼스타 이야기를 하지 않을 수 없다. 당대 최고의 슈퍼스타였던 그녀는 화려한 무대를 뒤로 하고 2014년 소박한 닉네임으로 블로그를 운영하면서 제주에서의 잔잔한 생활 모습들을 보여주었는데, 그 소탈함과는 반대로 해당 블로그는 입소문을 타고 뜨거워지고, 제주는 많은 화제를 낳았다. 2017년과 2018년에 TV 방영된 한 프로그램은 우리에게 더 큰 영향을 주었다. 프로그램 자체는 잔잔하고 아름다웠지만, 그 영향을 받은 제주는 실로 대단했다. 프로그램이나 뮤비에 나온 곳은 어김없이, 예외 없이 핫 플레이스가 되어 몸살을 앓았다. 금오름이 대표적인데 예전에는 차로 올라갔었던 사람 한 명 없던 금오름은 이제 주차장이 넓게 생기고, 분화구에 인파가 바글거린다. 그러면서 한적하던 본연의 정취가 많이 흐려졌다. 궷물오름은 또 어떠한가. 그 한적하던 곳이 밀려드는 관광객과 양심없는 훼손들로 결국 특정스팟은 출입금지가 되고 말았다. 그녀의 결혼 후 행보에 매력을 느끼고 그녀의 진심을 지지하지만, 그 파급력 또한 어마어마한 것을 실감했다. 많은 관광객을 유치했으면 하지만, 바글거리는 제주는 또 싫은 나의 양면성이 여기서 드러난다.

오름을 찾는 이들이 굉장히 많아졌다. 예전엔 용눈이오름 정도나 인기가 있었지, 많은 오름들이 전세 낸 것처럼 혼자서 독차지할 수 있는 한적함이 있었다. 지금은 조금이라도 이름을 들어봤을법한 오름은 어느 곳을 가도 사람을 마주칠 만큼 오름의 매력을 알아가는 이들이 늘어났다. "나는 원래 오름 좋아했는데요? " 라고 반문할 분들도 계시겠지만, 프로그램에 나온 오름들이 사람들로 미어 터져나가는 현상은 상당수의 이들에게 일정부문 미디어와 SNS 가 많은 영향을 주었음을 부정할 수 없다. 그녀를 비난하는 게 아니니 오해는 없길 바란다. 오히려 그녀가 제주를 대하는 진솔한 모습에 마음이 움직였다. 그냥 제주가 너무 좋은데 나 혼자만 간직하고 싶은 내 좁은 속마음에서 나오는 생각들이다.

어릴 적 여의도에 63빌딩이 세워지면서 화제가 되었지만, 정작 서울 사는 사람들은 63빌딩을 가보지 않은 사람이 많다. 난 요즘 이걸 제주에서 느끼는데, 이렇게 달라진 여행패턴으로 제주사람보다도 더 제주 구석구석을 더 많이 가본 육지인들이 과거보다는 확실히 많아지고 있다.

하지만 이런 점이 그들이 제주를 더 많이 안다는 이야기는 성립되지 않는다. 여행으로 느끼는 제주는 피상적일 수 밖에 없다. 생활하면서 부딪혀야 느낄 수 있는 현실의 진짜 제주가 있다. 그리고 시간을 들여 공부와 노력을 더 해야 알 수 있는 제주도 있다.

한달살이의 로망

몇 년 전부터 새롭게 자리 잡은 제주 여행패턴 중 하나는 '한달살이'라고 하는 장기간 여행이다. 올레길과 SNS의 등장으로 여행코스가 다양해지고 제주 구석구석이 알려지기 시작하면서 과거처럼 단 며칠 만에 보고 싶은 전부를 소화하긴 어렵게 되었다. 사람들의 취향 역시 과거의 틀에 박힌 포인트 찍기 시합이 아니라, 좀 더 다양한 것에 대해 생활형으로 접근하고자 하는 경향으로 변모하고 있기도 하다. 그렇게 제주는 예전보다 더 많은 구석구석 속살을 관광객들에게 보여주게 되었다.

온 가족이 같은 시간에 한 달이라는 여유시간을 만들어내는 것은 현실적으로 쉽지 않다 보니, 그 변종도 많이 나온다. '열흘살이', '보름살이' 등등 '살이'를 가장한 '관광', '여행'이 많다. 뭐 하루살이도 있는데 열흘살이가 뭐가 문제냐고 따지면 할 말이 없긴 하다.

하지만 열흘이나 보름에 불과한 기간 동안 과연 현지의 '삶'이라는 걸 느낄 수가 있을까? 이토록 짧은 시간의 방문은 산다는 것이 아니라 여행이라고 부르는 것이 맞다. 사실 한 달을 머무르더라도 '삶'을 느끼기에는 턱없이 부족하다.제주는 3박 4일이면 충분하다는 사람을 보면 절로 코웃음이 나온다. 제주는 몇 달 동안 둘러보더라도 시간이 부족한 곳 아닌가. 적어도 일 년 이상 살면서 경제활동도 하면서 현실을 느껴봐야 제대로 제주에서 살아본다고 볼 수 있다.

지금 행해지고 있는 '보름살이, '한달살이' 등은 장기여행이나 휴양에 가깝다. 다만 일반적인 관광지뿐 아니라 동네 도서관도 좀 가보고, 시장에서 장도 보고, 빨래도 하고, 아주 조금 현지 생활 체험을 좀 더 해보는 정도가 차이점이 될 수는 있겠다.

그럼에도 불구하고 '한달살이'를 할 수 있다면 꼭 해보라고 권하고 싶다. 그리고 기왕 가기로 했다면 엄마와 아이만 가고, 아빠는 육지에서 돈 벌려고 일하다가 주말에 내려가는 반쪽짜리 여행 말고, 오롯이 온 가족이 다 함께 내려가서 현실을 떠나 한 달간 가족끼리만 하루 종일 어울리고 부딪히는 시간을 권한다. 정말 일생에 한두번 오기 힘든 시간이기 때문이다. 그리고 아이들은 무서운 속도로 자라나고 성장하기 때문에, 이때가 아니면 영원히 돌이킬 수 없는 '때'라는 것이 있다. 그 소중한 기회에서 가족 중 일부를 소외시키는 우를 범하지 않기를 바란다.

온 가족이 다 참여해야 한다고 주장하는 이유는 제주의 삶을 느끼는 측면이 아니라, 나와 가족을 위해서이다. 물론 아름다운 제주를 둘러보는 것도 즐거운 일이긴 하지만, 사실 한 달이란 기간은 제주의 삶을 이해하는 데에는 턱없이 짧은 기간이다. 그럼에도 아내와, 남편과, 아이들과 온종일 한 달 내내 같이 부대끼다 보면 많은 것을 얻을 수 있다.

한달살이를 통해 하루하루 24시간 내내 가족들과 공통된 기억을 만들어 가며 유대감을 쌓을 수 있다. 서로 잘 알고 있었다고 착각하던 많은 것들을 발견할 수 있을 것이다. 힘들고 피곤했던 일상에서 벗어나 여유를 갖고 생활하다 보면 마음도 넓어진다. 오랜 시간 온종일 서로 붙어있다 보니 그동안 못하던 이야기들도 조금씩 나오기 시작한다. 진실의 시간이다. 서로 여유를 갖고 시간을 보내다 보니 그동안 서운했던 이야기가 나오더라도 서로를 잘 보듬을 수 있다. 다 같이 한 달 내내 붙어있지만, 현실에서 멀리 떠나온 여행지라는 사실 또한 사람을 부드럽게 만든다. 어쨌든 한 달이라는 시간은 상처받았던 마음과 날카로워진 신경들을 치유하는 데에 제법 충분한 시간이기도 하다. 한 달이란 시간 동안 일상에서 완전히 단절되고 매일같이 여유롭게 생활을 할 수 있다면 말이다.

내 경우에는 직장을 옮기면서 만들어낸 공백 기간과 아내의 육아휴직 기간이 겹쳐지면서 운 좋게 온 가족이 오롯이 한 달을 보낼 수 있었던 케이스이다. 이 소중한 시간을 만들어내기 위해 출발하던 주에는 전 직장 퇴사와 이사, 새집 인테리어 마감, 한달살이 출발 등 굵직한 일들을 모두 4일 안에 버겁게 치러내야 하기도 했다.

회사의 특성이기도 하고, IT 직업의 특성이기도 했는데, 그동안은 휴가 기간에도 업무 전화에서 벗어날 수 없었고, 휴가 때에도 마음 한구석이 늘 불편했었다. 몇 년 전 한달살이를 할 때는 퇴사를 한 직후였기 때문에 한 달이란 시간을 회사로부터의 연락 걱정 없이 오롯이 가족들과 제주에서 보낼 수 있다 보니 정말 마음 편하게 다녔던 것 같다. 그래서 한달살이로부터 얻은 힐링 효과가 좀 더 컸을 수도 있겠다.

그 효과는 한달살이를 끝내고 서울에 와서 운전할 때 좀 더 느낄 수 있었다. 과거의 나였다면 규칙을 안 지키고 난폭운전을 하거나 무리하게 끼어들거나 하는 차량 등을 보게 될 경우 내가 할 수 있는 모든 욕과 저주를 퍼붓고 흥분하곤 했는데, 한달살이를 끝내고 오니 마음에 여유가 생기고 그런 운전자들을 만나더라도 그냥 애처로워 보이고 딱해 보이는 마음이 생겼다. 나도 모르게 이런 상황을 그냥 웃으면서 넘기는 나를 불현듯 발견했을 때 느꼈다. '아, 한달살이가 내 마음 구석까지 치료해줬구나, 사람을 이렇게 여유 있게 만들어줬구나…'하고 말이다.

한 달이란 기간은 처음엔 길어 보이지만, 막상 지나 보면 정말 크게 대단한 것을 해보지는 못하고, 관광만 하기에도 턱없이 부족했다고 느끼게 된다. 그렇다고 매일같이 제주 관광을 위해 멀리 찾아 나선 것은 아니고, 주말이면 집 앞마당에서 직접 따뜻한 햇볕에 빨래를 널어보기도 하고, 동네에서 연이나 날리면서 산책도 하고, 동네 도서관에도 들리고, 마당에서 얻을 수 있는 재료들로 그림 작품도 만들곤 했다. 이런 기억들을 떠올리는 일은 아직도 미소를 짓게 만든다.

돌이켜보면 한달살이 기간 동안 제주 구석구석 어디를 가봤다는 사실보다 위에 이야기한 사소한 것들이 모여서 한달살이의 힘을 만드는 것 같다. 물론 한 달 동안 지내다 보면 그동안 가보지 못했던 곳들을 많이 둘러볼 수 있다. 그것도 장점이긴 한데, 내 경우엔 여행지보다 작은 생활 속에서 우리 가족이 함께했던 기억들이 더 소중했다. 이런 경험들이 비록 현실적으로 제주에서 살아보는 것은 아닐지라도, 여행자에게 좋은 기억으로 남아 힘이 되는 건 분명한 사실이다.

아직 한달살이를 하지 않았지만 해보고 싶은 이들이 있다면 드리고 싶은 말씀이 있다. 너무 관광에 관한 많은 일정을 잡지 말고, 동네에서 일상적인 활동들을 많이 해보시라는 것이다. 동네장터에서 장도 보고, 집에서 밥도 해먹고, 식사 후 동네 골목 산책도 즐기면서 말이다. 어느 관광지를 구경하는지, 어느 맛집을 들르는지는 크게 중요하진 않았던 것 같다. 적어도 내 경우엔 소중한 사람들과 24시간, 한 달 내내 오롯이 붙어있을 수 있다는 사실이 훨씬 더 중요했다.

제주 한달살이를 한 지 6년도 더 지난 지금까지도 이때의 기억은 우리 가족에게 많은 힘이 되고 있다. 한달살이 이전으로도, 그 이후로도 제주를 많이 드나들긴 했지만 지금까지도 한달살이의 기억이 가슴 속 깊은 곳에 가장 강렬하게 남아있다. 그게 한달살이의 힘이다. 아직 경험해보지 않았다면 꼭 한 번 해보시길 추천한다.

더 이상 심심하지 않은 밤

십여 년 전만 해도 늦은 밤에 제주에서 가볼 수 있는 곳이라곤 시내 번화가의 술집이나 PC 방 같은 시설을 제외하면 딱히 생각나는 곳이 없었다. 자연관광지로는 천지연폭포, 인공시설물로는 러브랜드 정도만이 그나마 야간 개장 덕분에 늦은 저녁에 들릴 수 있는 정도였다. 그 외에는 저녁 6시면 문을 닫는 곳이 대부분이고, 식당 역시 저녁 8시만 넘어도 영업을 종료하는 곳이 많았다.

이십 년 정도 전에 대학 친구들을 데리고 호기롭게 제주로 초대하여 여행한 적이 있다. 학교에서 교편을 잡으시던 사촌 어른께서 방학을 이용해 학기 중 본인께서 따로 이용하던 숙소를 흔쾌히 내어주신 덕분에 숙박비를 아꼈던 기억이 난다. 어렸을 때부터 제주에 나름 친숙하다고 생각한 나는 앞장서서 친구들을 위해 일정을 짜고 여행코스를 계획했다. 문제는 혈기 넘치던 젊은 시절이다 보니 밤늦게까지 과음하고, 숙취 속에 점심시간 지나 느지막하게 일어나 몸을 이끌고 숙소를 나서면 이미 오후 3시가 넘었다는 것이었다. 그리곤 금방 해가 넘어가 어두컴컴한 저녁이 되어버려 갈 곳이 없어지고, 그러다 보니 또 반복하여 술 한잔하고, 다음날 또 늦게 일어나는 악순환의 연속이었다.

이때 한번은 친구들을 천제연폭포로 데려갔는데, 저녁 5시가 조금 넘었던 시간인데, 이미 입장이 차단되어 버렸다. 뒤늦게 알고 보니 저녁 5시면 입장 마감하고, 6시면 완전히 문을 닫는 것이었다. 아직 날이 너무나도 밝았고 야외관광지라 입장이 마감되거나 제한될 것이라는 생각은 미처 하지 못했다. 겨울철이라 조금 더 빨리 입장을 마감하는듯 했다. 너무 아쉽고 미처 입장 마감시간을 체크해두지 못해 친구들에게 미안했다. 아쉬운 마음에 할 수 없이 폭포 사진이 나온 안내판 앞에서 사진을 찍었다. 다행이라고 해야할지 얼핏 보면 진짜 폭포 앞에서 찍은 듯 했다. 친구들에게 미안했지만, 그래도 그들은 고맙게도 흔쾌히 이 안내판 앞에서 사진 찍는 상황을 더 즐겨주었다. 오히려 누가 더 진짜같이 나오는지 경쟁이 붙었다. 지나고 보면 추억이지만, 입장 마감시간은 미리 체크해야 한다는 교훈을 가슴깊이 새기게 된 계기가 되었다.

야외 관광지의 입장 제한시간은 동절기와 하절기 일몰 시간에 따라 조금씩 상이하다. 2021년 기준으로 용머리해안은 16시 50분에 입장을 마감이며, 천제연폭포는 17시 20분(하절기 17시 30분)에 입장을 마감한다. 정방폭포나 주상절리대 같은 곳은 17시 40분(하절기 17시 50분)에 입장을 마감한다. 그리고 관람 마감시간과 입장 마감시간은 명백하게 다르니 주의하시기 바란다.

이토록 야외 공영관광지들의 입장 마감은 여전히 이른 시간에 이루어진다. 물론 천지연폭포처럼 야간에도 개장을 해서 늦은 밤까지 둘러볼 수 있는 야외 관광지도 있기는 하다. 다만 그 외에도 십수년 전과 달리 이제는 제주에는 밤에 볼거리, 즐길 거리가 많이 생겨나서 더 이상 밤에 갈 곳이 없어 방황하지 않아도 된다.

그렇다면 제주에서 밤에 가볼 만한 곳들은 어떤 곳들이 있을까? 물론 계절에 따라 다르고, 코로나19 상황에 따라 다르지만, 일반적으로 많이 찾는 장소들을 알아보자.

첫째, 제주의 로컬 야시장이다. 제주에 야시장이 들어와 인기를 끌기 시작한 것은 불과 몇 년 되지 않는다. 한라수목원 앞 수목원 길 쪽으로 야시장이 활성화되면서 제주에 야시장 붐을 일으켰으며, 그 배턴을 이어받아 전통의 동문시장에서도 야시장이 활성화되어 젊은이들에게 폭발적으로 인기를 끌었다. 코로나19로 주춤하지만, 빨리 마스크를 벗고 자유롭게 예전처럼 북적이는 야시장을 느껴보고 싶다. 참고로 한라수목원은 주변에 잔디도 있고, 공간이 넓어서 가족 단위로 즐기기에 괜찮고, 동문시장 야시장은 불 쇼에 가까운 화려한 코너가 많고, 메뉴도 많고 좀 더 활기차지만, 딱히 편안하게 앉아서 즐길 곳이 마땅치 않아 보통은 젊은 친구들이나 연인끼리 오는 경우가 더 적합하다.

둘째, 천문대류의 볼거리이다. 망원경으로 별을 관찰할 수 있는 곳으로 제주시에는 별빛누리공원이 있고, 서귀포에는 천문과학문화관이 있다. 달마다 관측할 수 있는 별이 다르기 때문에 계절을 바꾸어 여러 번 방문해도 의미가 있다. 구름이 많거나 날씨가 좋지 못하면 관측이 어려울 수 있다는 점은 미리 알아두어야 한다. 아이들은 천체망원경으로 별을 직접 볼 수 있다는 사실 자체만으로도 굉장히 호기심에 가득한 얼굴로 순서를 기다릴 것이다. 망원경 이외에도 교육적인 콘텐츠들을 재미있는 형태로 전시해두어서 아이들이 게임을 하듯이 상식을 하나하나 넓혀나갈 수 있는 것도 장점이다.

셋째, 조명이 예쁜 볼거리이다. 제주시의 제주불빛정원, 서귀포의 제주허브동산 등이 이에 해당한다. 이곳들은 주변을 온통 LED 나 전구로 장식하여 밤마다 현란하게 빛나는 조명을 자랑하는 곳이다. 연인이나 아이들을 동반한 가족이 가면 좋을법하다. 불빛정원과 조금 결은 다르지만 선운정사도 있다. 이곳은 절이긴 한데 일반적인 절과는 조금 다른 느낌이다. 밤이면 조명이 화려해서 종교랑 상관없이 많은 분들이 찾는 곳이다.

넷째, 야경이 예쁜 자연과 시설물이다. 제주시에서는 용연, 산지천이 가볼만하다. 용연은 조명을 받아 좀 더 신비한 느낌을 자아내는 기암들도 멋지지만, 무지개 빛 조명이 인상적인 구름다리도 인기가 많다. 산지천은 건입동과 탑동 사이로 흘러나가 바다와 만나는 하천으로, 2002년에 복원되었는데 지금도 주변 경관이 잘 정리가 되어있어 밤낮으로 아름답다. 서귀포에서는 새연교의 조명이 사랑을 많이 받고 있다. 새연교 쪽에서 서귀포항을 바라보는 야경도 아름답다. 정식으로 입장료를 받는 공영관광지 중에는 천지연폭포가 가장 늦게까지 운영된다. 하절기에는 10시까지 관람이 가능하다. 입장은 9시 20분경에 마감된다. 계절마다 시간이 다르니 확인하고 방문해야 한다. 개인적으로는 이러니저러니 해도 역시 야외의 관광지들이 가장 만족도가 좋았다. 시원한 밤공기를 느낄 수 있기 때문에 선호도가 좋다.

다섯째, 카페나 바 등의 사설업소이다. 십여 년 전 제주와 달리 밤늦게까지 운영되는 대형 카페들이 많아졌다. 아무래도 숙소 바로 앞에서 시간을 보내는 게 아니라면 운전에 대한 부담이 있기 때문에 카페에서 여행의 피로를 풀며 밤을 즐기는 것도 좋은 방법이다. 숙소 앞에 괜찮은 주점이 있다면 편안한 마음으로 밤을 마무리할 수 있다. 과거에 연동이나 시청 등 제주 시내로 나가야 볼 수 있던 심야영업 주점들이 이제는 동네 곳곳에 은근히 자리 잡고 있다. 이게 좋은 현상인지 나쁜 현상인지는 조금 혼동되지만, 여행객이 각자의 숙소 가까운 곳에서 밤을 보내기에는 편해진 것이 사실이다.

하지만 여전히 제주에서는 많은 관광지와 가게들이 일찍 문을 닫기 때문에 서울에서 돌아다니던 생각으로 둘러보다간 정작 밤에 아무것도 할 게 없을지도 모른다. 심지어 밥때를 놓치면 저녁을 먹기 곤란할 수도 있다. 또한 늦은 밤까지 시간을 보내다 보면 다음날 일정에 몰려드는 피로감으로 어떤 식으로든 영향을 주게 되어있다. 직접적으로는 아예 늦잠을 잔다거나 해서 일정이 틀어질 수도 있겠지만, 간접적으로도 피곤하다 보니 예민해져서 일행들과 사소한 일에 갈등을 일으킬 수도 있는 등의 영향을 줄 수 있다. 늦은 밤까지 즐기는 날은 아쉬움을 달랠 수 있는 수준으로 전체 여행일수의 20~30% 정도의 비율이면 충분하지 않을까.

헛걸음하지 않는 계획 짜는 법

제주에서 예전부터 방문해보려고 미리 계획해두었던 어떤 장소에 두근두근 기대감을 갖고 들렀는데, 이미 당일 영업이 종료되었거나, 아예 휴무일이어서 발걸음을 돌린 적이 몇 차례 있다. 제주 여행자들이라면 모두 한 번쯤 이런 일들을 경험해보지 않았을까? 잠시 앞 장에서 언급했던 천제연폭포 에피소드도 좋은 예이다.

본래 정해진 틀에 얽매이지 않는 자유로운 여행을 좋아했던 나였지만, 아이가 태어난 이후로는 꽤 디테일하게 여행계획을 짜는 편이다. 어느 정도냐 하면 지도 앱 로드뷰로 주변 주차상황과 차량 진입 루트까지 세세하게 조사하는 편이다. 또한 비가 오거나 아이들 컨디션 저하 등의 변수에 대비해 일정에 대한 예비계획도 마련해두곤 한다. 아이들과 함께하면서부터 이렇게 하지 않으면 정말 이도저도 아니게 여행을 그르치는 경우가 생긴다. 그런데 계획을 세우면서 자꾸 깜박하고 놓치는 문제가 하나 있는데 바로 불규칙한 휴업일 혹은 마감 시간이다.

제주의 많은 식당이나 영업소들은 영업일이나 영업시간이 불규칙한 편이다. 관광지다 보니 주말보다는 평일에 쉬는 경우가 많은데, 이게 업소별로 화요일, 수요일, 목요일 대중이 없다. 영업일이더라도 재료가 일찍 소진되면 예상보다 빨리 마감되는 경우가 부지기수여서 조금이라도 늦게 찾으면 헛걸음을 치기 쉽다. 여기까지는 그래도 이해가 잘 가는데, 문제는 제주의 많은 사설 업장이 정해진 정기휴일 이외에도 쉬는 경우가 많다. 이는 크게 두 가지인데, 제주에서 자영업 하시는 분들을 살펴보면 사업을 통한 부의 성취보다는 취미활동 반, 경제활동 반으로 운영하는 경우가 있어서 그렇기도 하고, 크게 가게 영업에 최우선순위를 두지 않기 때문인 경우도 많다. 또 하나는 직원을 거의 쓰지 않고, 혼자 운영하는 경우가 많은데 투잡 이상을 가져가는 사례도 많아서 상호 직업간 일정에 영향을 미치는 변수가 많기 때문이다.

그래서 특정 식당을 목표로 일정을 수립한다면 사전에 꼭 그 식당의 휴일과 영업시간, 그리고 평균적인 재료소진 시간을 확인하고 찾아가시길 바란다. 주변에 대체할만한 식당이라도 있으면 다행인데 외진 곳에 있는 곳들을 방문했다가 이런 상황을 접하면 머리가 하얘지곤 한다. 특히 저녁시간인 경우, 식당들이 일찍 마감하기 때문에 여차하면 갈팡질팡 하다가 식사를 제대로 못하는 경우도 생길 수 있다.

헛걸음은 개인 사업장뿐만 아니라 자연 관광지에서도 발생할 수 있다. 보통 자연 관련한 헛걸음은 밀물과 썰물 등 물때가 제일 관련이 많고, 어떤 경우에는 일출이나 일몰 시간도 연계될 때가 있다. 혹은 안개 등의 일기가 영향을 미칠 때도 있다.

특히 가장 대표적인 관광지 중 하나인 용머리 해안은 만조 시간, 간조 시간을 잘 확인하고 가야 한다. 관람객이 걸어 다닐 수 있는 지면이 거의 해수면과 차이가 없기 때문인데, 지구 온난화의 영향으로 해수면이 과거보다 더 높아졌다. 심지어 20~30여 년 전보다도 악화되었다. 그래서 중간에 관람객을 위해 인위적인 다리도 생기고 마감도 생긴 것이다. 다만 시설물이 주변의 환상적인 경관과 달리 너무 이질적이어서 아주 아쉽다. 불가피하게 다리를 만들어야 했으면 좀 더 조화로운 디자인은 없었을까. 온난화가 계속되어 해수면이 지속해서 상승한다면 머지않은 훗날에는 용머리 해안을 배를 타고서만 관람이 가능할지도 모르겠다. 어쨌든 용머리 해안을 둘러보기 위해서는 물이 빠지는 간조 시간을 잘 맞추어 가야한다. 나는 주로 바다타임에서 물때 정보를 확인한다. 물론 다른 좋은 사이트들도 많다. 어쨌든 용머리 해안을 방문할 때는 만/간조 시간을 꼭 확인 후 방문하는 편이 좋다.

제주도에도 바닷길이 열릴 때만 걸어갈 수 있는 섬이 있는데 바로 서건도이다. 서건도는 해군기지 건설로 많은 풍파를 겪었던 서귀포시 강정동에 있는 섬인데, 관광객들의 많은 사랑을 받는 올레 7코스에서도 가까이 보이는 섬이다. 우리가 육지에서 '모세의 기적' 이라 하여 간조시 바다 갈라짐 현상을 통해 도달할 수 있는 제부도, 무창포, 실미도, 변산반도(하섬), 진해(동섬) 등과 같이 제주도에서도 썰물 때 걸어서 들어갈 수 있는 섬이 바로 서건도이다. 토끼섬 역시 썰물 때 어느 정도 가까이는 걸어갈 순 있지만, 물이 완전히 빠지지는 않아서 일반적인 관광객이 하반신을 온전하게 물에 담그지 않고 건너가기에는 무리가 있다. 그런 점에서 서건도는 제주에서 걸어서 들어갈 수 있는 거의 유일한 섬이 아닐까 한다. 역시 썰물이 일어나는 시점을 사전에 알아두어야 방문할 때 허탕을 치지 않을 수 있다.

참고로 밀물과 썰물은 12시간 간격이 아니기 때문에 매번 그 시간대가 변경된다. 어떤 날은 오전에 물이 제일 많이 빠지고, 어떤 날은 오후에 제일 많이 빠진다. 그래서 내가 지난번에 오후에 걸어갔다는 기억만으로 재방문 시에도 그 시간에 물이 빠져있을 거란 보장은 전혀 없다. 물때를 꼭 사전에 체크해야 할 이유다.

금능 해수욕장은 어떠한가. 우리가 금능 해변에 기대하는 것은 하얗게 반짝이며 펼쳐진 드넓은 모래사장과 잔잔한 물결인데, 물이 차오르는 밀물 때는 백사장이 거의 물에 잠겨서 얼마 공간이 남지 않는다. 금능의 아름다운 상태를 원한다면 역시 물 때를 확인해보는 것이 좋다.

일출이나 일몰이 중요한 경우는 대개 한라산 등반이나 깊숙한 숲길을 방문할 때이다. 특히 겨울철 산악지대에서는 해가 굉장히 빨리 넘어가기 때문에 돌아 나오는 시간까지 고려해서 입장 제한 시간을 엄격하게 운영하고 있다. 조난사고를 막기 위해서다.

혹은 물때나 일출/일몰과는 관련이 없지만 한두 달에 한 번씩 정기적인 입장 통제가 이루어지기도 한다. 예를 들어 성산일출봉의 경우 매월 첫째 월요일은 입산 통제가 이루어진다. 이럴 때는 물론 바로 옆의 수마포 해안이나 우뭇개 해안을 대체 코스로 둘러보는 것도 좋다. 그렇더라도 정상을 목표로 멀리서 온 사람들이라면 일정이 망가지는 기분일 수 있다. 그래서 모든 코스에 대해 그날의 휴무 여부를 체크하는 것은 적은 노력으로 일행 모두를 즐거운 여행으로 이끄는 길이다.

한라산 중산간은 비 내린 이후라면 안개가 매우 심하다. 전망을 위한 산행이라면 비 내린 직후에 실망할 수도 있으니 안개정보를 잘 확인하시고 출발하는 것도 괜찮다. 사라 오름의 경우 만수위일 때 특히 인기가 많지만, 타이밍이 안 맞으면 짙은 안개로 인해 호수를 전혀 눈에 담을 수 없다.

아니면 송악산이나 용눈이오름처럼 많은 방문으로 인한 훼손으로 휴식년제에 돌입하는 경우도 있다. 아니면 김녕사굴이나 갯깍주상절리처럼 낙석위험 등으로 영원히 입장이 제한되는 사례도 있다. 우리가 알고 있는 많은 올레길이나 관광코스가 사유지를 통과하는데, 매너 없는 방문객들로부터 몸살을 앓은 이후로 출입이 통제되거나 루트가 변경되는 경우도 있다. 궷물 오름의 일부구역이나 최근에 출입이 금지된 박수기정 절벽 위의 해안 길도 이런 사례이다. 가고자 하는 곳에 대해 잘 알고 있더라도 최근의 통제정보는 한 번씩 확인해보고 계획을 세우길 권한다.

여행하는 방법은 여러 스타일이 있다. 그저 계획 없이 바람 따라 구름 따라 마음 가는 대로, 발걸음 가는 대로 가는 여행도 있고, 철저한 계획에 따라 움직이는 여행도 있다. 모두 개인의 스타일이고 장단점이 있다. 나도 총각 시절에는 전자의 스타일을 선호했다. 여행까지 와서 일정에 얽매이기 싫었기 때문이다. 하지만 결혼을 하고 아이를 낳은 이후로는 후자의 스타일로 바뀌었다. 나 혼자, 혹은 친구 두세 명이 마음 가는 대로 즉흥적으로 움직이는 건 충분히 가능하고 즐거운 일이지만, 보살핌이 필요한 아이들이 함께하는 여행이라면 즉흥적인 스타일로는 정말 이도저도 아니게 방황만 하다가 소중한 휴가가 끝나버릴 수 있기 때문이다.

여기서 내가 말하는 계획이라 함은 정해진 일정을 타이트하게 무조건 수

행해야 하는 취지가 아니고, 일정은 여유롭지만 가급적 경우의 수를 많이 마련해 둔다는 것이다. 계획을 치밀하게 짠다는 것이 여행 일정이 빡빡하다는 것과는 전혀 다른 이야기이다. 경우의 수를 많이 준비할수록 크게 시간에 쫓길 염려도 없고 시간 흘러가는 대로, 분위기나 컨디션 상태에 따라 충분히 조절이 가능해서 여유를 잃어버릴 일도 없기 때문이다. 철저한 준비가 여유로움을 만든다. 분 단위로 빽빽한 계획을 세우는 것과는 궤가 다르다. 많은 경우의 수가 포함된 유연함에 충실한 계획은 여유로운 여행을 만들 수 있다.

가족에겐 어려운 올레

앞 장에서 올레길의 성공이 불러온 변화에 관해 기술한 부분이 있다. 올레는 제주를 대표하는 메가히트 상품이 되었고, 제주 여행의 판도를 완전히 뒤바꾼 계기가 되었다. 너무나 훌륭한 길들을 발굴해 내었고 많은 긍정적인 면이 있지만, 올레 코스가 남녀노소 모든 계층에게 열려있다고 말하긴 조금은 무리가 있다.

보편성 측면에서 기존 올레 코스에는 사실 몇 가지 약점이 있는데, 첫째는 코스별 구성이 너무 장거리로 구성되어 있다는 것이다. 코스마다 차이는 있지만 한 코스당 통상 15km 전후로 이루어져 있는데, 이는 최소 걷는 것에만 온전히 집중하더라도 반나절 이상을 투자해야 하는 거리이다. 그리고 시간도 시간이지만 체력적으로 많은 부담이 있다. 체력이 되는 연령대에서나 도전할 수 있는 거리이다. 일반적으로 데이트를 즐기러 오는 연인들이 온 종일 땀내 풀풀 풍겨내며 걷기 만무하다. 그리고 아이를 동반한 가족 단위라면 보통 한두 시간만 연속으로 걸어도 아이들이 넉 다운되기 때문에 코스 완주란 먼 나라 이야기이다. 하물며 노약자가 포함되어 있으면 말할 것도 없다. 누구나 부담 없이 1~2시간 이내에서 해결할 수 있도록 접근 문턱이 낮은 코스가 필요하다고 생각될 때가 많다.

두 번째 문제는 바로 편도 구성이다. 올레길의 구성 방식은 각 코스를 계속 이어나가 제주도 전체를 이어가는 순환구조인데, 여기서 실제 방문자들의 어려움이 발생한다. 마음먹고 짐도 없이 가볍게 방문한 사람이 아닌 이상, 저마다 숙소와 차량이 있고, 크고 무거운 짐들이 있기 마련이다. 결국 출발지에 두고 온 차나 맡겨둔 짐을 위해 다시 출발점으로 되돌아와야 하는 불편한 문제가 있다. 요즘은 모바일로 택시를 잡을 수 있는 시대이긴 하지만, 그것도 도심지역 위주로 발달해있을 뿐이어서, 외곽지대에서도 쉽게 택시를 잡을 수 있는 것은 아니다. 그렇다고 버스 노선이나 배차 간격이 촘촘하게 되어있지도 않다. 그렇다고 걸어서 돌아가기는 너무나 멀다. 혹은 팀을 이루어 차를 두 대 준비한 다음 우선 도착 예정지에 차를 세워두고, 출발지로 함께 이동하여 출발지에 주차하고 올레길을 즐긴 다음 도착지의 차를 타고 다시 출발지로 돌아가 출발지에 남겨두었던 차를 끌고 각자 헤어지는 방법이 있다. 하지만 이 역시 매우 번거로운 방법이고, 팀이 있어야 가능할 뿐, 가족 단위의 여행객에겐 불가능한 방법이다. 한동안 올레길 시작점에서 끝 지점으로 짐을 운반해주거나 하는 등의 새로운 시장도 창출되는 듯했으나, 수지가 맞지 않았는지 요즘은 통 발견하기 쉽지 않다. 이런 어려움으로 올레길의 편도구성은 도전 문턱이 높다.

세 번째 문제는 바로 위와 같은 문제들로 인한 낮은 수익성이다. 올레길은 경로 상에 사유지를 많이 통과하고, 토지주인들의 양해를 얻어야 하는 경우가 많다. 또한 사유지가 아니더라도 많은 이들이 골목을 지나다니면서 거주민들에게 불편을 끼치는 경우도 많다. 올레 코스가 지나가면 불편한 현지 분들이 생겨나기 마련인데, 문제는 이런 불편을 감수하고라도 코스에 양보하면 최소한 마을에 수익이 늘어난다던가 하는 좋은 점도 있어야 하는데 그런 효과가 기대만큼 부합하지는 않는 모양이다. 그럴 수밖에 없는 것이 코스 하나는 최소 반나절 이상을 소비해야 하고, 소비에 적극적인 연인이나 가족들에게는 이미 올레의 문턱이 높다. 막상 올레길을 걷더라도 장거리 걸음을 위해 간단하게 챙겨온 도시락으로 끼니를 해결하거나, 이후 걸음을 위해 부담되지 않게 식당에서도 돈 간단한 수준의 식사를 찾을 수밖에 없다. 가족 단위의 손님이 오고, 연인 앞에서 잘 보이고 싶은 커플들도 들어와야 지갑이 많이 열릴 것인데, 올레 코스는 그 거리와 편도의 한계 때문에 태생적으로 이런 이들을 밀어내는 특성이 있다. 그러니 지역민들에게 경제적으로 돌아오는 것이 적을 수밖에 없다. 그러니 불편만 끼치고 경제적 환원은 부족한 올레에 현지인의 부정적인 시각이 늘어나는 것이다. 거기에 일부 몰상식한 관광객 때문에 몸살을 앓기도 하고, 그래서 처음에 올레 코스 허락을 해줬다가 출입금지로 정책을 바꿔 우회할 수밖에 없는 상황들도 벌어지는 것이다.

올레는 제주 관광의 패턴을 획기적으로 변화시키고, 많은 재방문을 이끌어낸 가시적인 공로가 있다. 하지만 좀 더 많은 참여층을 이끌어내고 지역민들에게도 도움이 되려면 이제는 이런 점들을 보완한 새로운 코스가 개발되고 더해질 필요가 있다.

만약 내게 코스를 짤 기회가 있다면 거리는 3~6km 이내, 완주하는데 소요되는 시간은 1시간에서 2시간 이내로 계획하여 루트를 개발할 것이다. 이는 아침 식사 후 느지막이 나서더라도 점심식사 전까지 끝까지 걸을 수 있는 시간이고, 오후에도 식사 후 코스완주 외에 다른 관광코스를 하나 더 부담 없이 넣을 수 있을만한 시간이기도 하다. 또한 가족단위나 여행객들이 좀 땀나게 걷는 즐거움의 느낌도 주되, 체력적으로 방전되지 않을만한 거리이기도 하다. 연인들도 도전할만한 거리이고, 아이들을 동반한 가족들도 해볼 만한 거리이다.

그리고 그 코스는 지역 단위, 마을 단위로 구성할 것이다. 길을 터준 만큼 지역민들에게 경제적으로 돌아갈 수 있는 순환구조를 만들기 위해서이다. 지금의 올레는 실컷 다른 동네를 가로질러, 다음 동네에서 지갑을 여는 구조이다. 하지만 지역 단위, 마을 단위로 코스를 구성한다면 길을 터준 곳에서 돈을 쓰게 되는 구조를 만들 수 있다. 마치 항아리 상권처럼 참여자들을 마을에 머물게 하면서 소비를 유도할 수 있다는 이야기다.

이를 위해 가장 중요한 것은 코스는 순환 형으로 구성해야 한다는 것이다. 그래야 되돌아오는 것에 대한 부담을 없앨 수 있다. 그뿐만 아니라 관광객을 다시 출발점으로 불러들이는 항아리 효과를 통해 숙박과 식사, 음료, 혹은 체험시설, 판매시설 등에서 경제적 순환이 일어날 수 있도록 유도할 수 있다.

이 세 가지 포인트는 더욱더 많은 구성원의 참여를 끌어낼 수 있고, 마을주민들에게 경제적인 되돌림도 일으킬 수 있는 아이디어다. 거기에 더해 해안가 위주로 구성된 기존 올레 코스의 한계점을 극복하여 중산간 지역까지 확장할 수도 있는 방법이다.

물론 지금도 상가리의 퐁낭투어 코스같이 마을 단위로 코스 개발이 자발적으로 이루어지고 있는데, 사실 마을 단위로 스스로 콘텐츠를 만들어가는 과정을 모두 수행하기에는 한계가 있다. 마을에서는 동네에 대해 잘 아니까 콘텐츠의 핵심을 제공하되, 도나 관련 기관에서는 중앙에서 마을의 콘텐츠를 상품화하고, 패키지로 만들어내며 홍보하는 과정을 도와주면서 서로 상호 보완해 나간다면 지역민도 좋고 관광객도 좋은 여행코스를 만들어나갈 수 있지 않을까.

글을 쓰고 퇴고하는 시점에 이미 하영올레라고 해서 새로운 올레 코스가 탄생하기 시작했는데, 앞서 말한 부분들이 어느 정도 부합하는 듯하여 과연 얼마나 과거 올레길의 아쉬운 점을 보완하고 효과를 낼 수 있는지 기대하고 있다. 이 외에도 제주 구석구석에서 이미 여러 움직임들이 있고 많은 분들이 노력하고 계신 걸로 알고 있는데, 모두 화이팅하시고 좋은 결실이 있었으면 한다.

다크투어리즘

'다크 투어리즘(Dark Tourism)'이란 과거에 발생했던 재난이나 재해, 역사적 참상 등이 발생했던 현장을 방문하여 살펴보면서 반성도 하고, 교훈도 얻는 여행을 말한다.

해외에서는 2차 세계대전 당시 공습이 벌어진 하와이 진주만(Pearl Harbor)에서 볼 수 있는 다크 투어리즘이 대표적이라 할 수 있다. 9.11 테러가 발생했던 뉴욕의 세계무역센터가 자리잡았던 그라운드 제로 또한 다크 투어리즘의 대상이라 할 수 있다. 캄보디아의 킬링필드나 폴란드의 아우슈비츠 수용소도 다크 투어리즘의 대표적인 예시이다. 그리고 우리가 휴양을 위해 즐겨 방문하던 관광지 사이판 또한 사실은 다크 투어리즘의 예시가 될 수 있는 곳이다.

나는 사이판을 볼 때마다 꼭 제주도가 연상되었는데, 이는 섬이라는 공통점도 있지만 사실 그 아픈 역사가 더 빼닮았기 때문이다. 백 년 이상 몽골의 지배를 받은 제주도와 이백여 년 동안 스페인의 지배를 받은 사이판은 이후 둘 다 일본의 침탈을 겪는다. 제주의 아픈 흔적들은 이어 이야기 하겠지만, 사이판에도 메모리얼파크, 한국인위령탑, 자살절벽, 만세절벽 등 역사의 현장과 기록들이 많다. 물론 자살절벽, 만세절벽 등은 침탈자가 당한 곳이기 때문에 결이 다를 수도 있지만, 전란으로 아비규환을 겪었던 역사의 현장임은 부인할 수 없다.

제주에서도 몇 년 전부터 '다크 투어리즘'이 점차 이야기되고 있다. 제주와 관련해서는 2006년 정근식 서울대 사회학과 교수가 '4.3 문화예술 운동의 과제와 60주년'이라는 주제로 발표한 내용에서 다크 투어리즘을 다룬 것이 가장 처음이라고 한다. 하지만 실제로 '다크 투어리즘'이란 단어가 제주의 여행 컨텐츠로 함께 어우러진 것은 몇 년 지나지 않은 최근의 일이다.

아픔이 많은 역사를 가진 제주에는 멀리 몽골의 지배 시절까지 올라갈 필요도 없이 가까운 근현대사만으로도 많은 흔적이 제주 전역에 곳곳에 남아 있다. 제주 다크 투어리즘의 흐름은 크게 두 가지인데 바로 일제시대와 4.3사건이다.

일본이 1910년부터 1945년에 이르는 일제강점기 동안 우리나라를 식민지로 삼으면서 가한 잔혹한 행위들은 인간으로서는 도저히 이해할 수 없는 짓들이다. 악마가 실존한다면 바로 그 시절 일본의 모습일 것이다.

일본은 제주를 그들의 군사적 요충지로 활용하며 제주 사람들을 핍박하고 강제노동에 동원하였으며 강제로 인권을 유린하였다. 아직도 그 아픔의 흔적이 제주 전역에 남아있다. 조천 항일기념관처럼 기념관 형태로 기록된 곳도 있지만, 현장이 그대로 남아있는 곳도 많다. 대정의 알뜨르 비행장 격납고와 지하벙커, 섯알오름의 고사포진지, 송악산 해안과 성산일출봉, 그리고 함덕 서우봉의 진지동굴을 비롯하여 백 개가 넘는 오름마다 구축된 벙커와 진지 등 정말 제주 구석구석 전역에 그 흔적이 남아있다. 심지어 어승생악 정상같이 높은 곳에도 말이다. 제주 전역을 요새화하려 했는지 제주 곳곳에 일제의 흔적이 없는 곳이 없다. 그들은 벌집처럼 제주 전체에 구멍을 뚫어놓았다. 그것도 죄 없고 힘없는 제주 사람들을 강제로 노역에 동원하여 제주 구석구석을 파헤쳐 요새를 만들어놓았다. 알뜨르 비행장의 규모만 60만 제곱미터에 이르며, 진지동굴은 당시 700개가 넘게 조성된 것으로 추정하고 있다.

십대들부터 노인들에 이르기까지 나이와 성별을 가리지 않고 수많은 제주 사람들이 노역에 끌려가 희생되었다. 임금도 없이 오전 8시부터 시작된 노역은 해가 떨어져서야 끝이 날 정도였으며 하루 10시간에서 12시간 이상 계속 지속하였다. 땅을 파고, 돌을 깨고, 흙이나 돌을 운반하고, 암반을 발파하고 하는 모든 거친 작업이 곡괭이 한 자루 혹은 맨손으로 이루어졌다. 식사와 숙소도 매우 열악해 질병 감염피해도 컸다.

제주 다크 투어리즘의 또 다른 흐름은 바로 4.3사건이다. 아주 오랫동안 함구 되어 묻혀있던 그 사건은 몇몇 뜻을 함께하는 이들의 움직임으로 조금씩 세상에 알려지기 시작하다가 최근에는 기념관도 세워지고, 70주년을 전후로는 4.3 알리기를 위한 많은 활동이 벌어져서 예전보다는 4.3 사건이 많이 알려지기 시작했다.

4.3을 처음 접하는 이들에게 사건의 전체적인 맥락을 이해하기 좋은 곳은

역시 4.3 평화기념관이 가장 대표적이다. 그리고 이곳은 잔인했던 당시를 담은 기록들로 인해 마음은 한없이 무거워지는 곳이다. 어린 아이가 있는 가족들은 수위가 높은 본 전시관 보다는 바로 옆에 조성된 4.3 어린이체험관을 예약해서 방문하는 것도 괜찮다. 이 곳은 어린이들을 위해 4.3 이야기를 아이들 눈높이로 쉽게 풀어낸 곳이다.

4.3 사건에서 가장 큰 피해를 입은 마을 중 하나인 북촌리를 빼놓을 수 없다. 먼저 너븐숭이 기념관에서 북촌리에서 일어난 참혹한 실상들에 대한 설명을 이해하고 나면, 후 도보로 애기무덤을 비롯하여 당팟, 낸시빌레, 꿩동산, 마당궤 등 북촌리 구석구석에 남아있는 4.3 의 기억을 찾아다니며 아픔을 위로하고, 마음을 다지는 시간을 보낼 수 있다.

4.3의 발화점이 된 관덕정, 집단 학살이 일어난 광치기해안의 터진목, 섯알오름 양민학살터, 굴왓, 다랑쉬굴, 비학동산, 빌레못굴 등 제주 전역에 4.3의 아픔이 남아있다. 만약 여러분이 제주를 여행한다면 어느 경로로 지나다니든 그 주변 구석구석에 4.3의 아픔이 녹아있을 정도이다.

안타까운 것은 예전보다 많이 개선되었음에도 불구하고 여전히 제대로 된 안내판이나 표식조차 없는 곳이 많다는 것이다. 대표적인 예로 어마어마한 관광객이 찾는 성산일출봉 바로 옆 우뭇개 해안과 동산을 들 수 있는데, 오조리 주민 30여명이 집단 총살을 당한 곳임에도 현장에서는 아무런 안내를 찾을 수 없다. 아름다운 경치를 배경으로 사진 촬영에 바쁜 관광객들과 모터보트에서 들려오는 환호성만 메아리칠 뿐이다. 요즘은 코로나19로 인파가 많이 줄었지만 여전히 북적거리는 곳이며, 한때 하루 관광객이 9천 명에 육박할 만큼 많은 이들이 찾는 곳임에도 이들 중 이곳에서 4.3 때 집단학살이 일어난 사실을 아는 이는 하루에 이곳을 찾는 9천여 명 중 과연 몇 명이나 될까?

나이가 들면 들수록 강하게 느껴지는 것이 하나 있는데, 백 년, 이백 년 전이 그렇게 오래전 이야기가 아니라는 사실이다. 학창 시절에는 백 년 전 이야기면 정말 역사책이나 나오는 나와는 거리가 먼 이야기인 줄 알았는데 막상 점점 나이가 들면서 살아보니 절대 먼 이야기가 아니라는 것이다. 일제 강점기나 4.3사건 모두 직접 그 시대를 경험한 이들이 아직 생존해 있을 만큼 최근의 일이다.

'역사를 잊은 민족에게 미래는 없다'는 이야기가 있다. 과거의 과오에 대한 정확한 인지, 반성이 없이는 또다시 그런 사태가 충분히 반복될 여지가 있다. 다크 투어리즘은 그런 면에서 긍정적인 부분이 있다. 제주에는 정말 아름다운 경관도 많고, 맛집도 많고 SNS 핫 플레이스도 많지만 적어도 제주를 방문하는 많은 나날 중 일부는 다크 투어리즘을 기조로 해서 여행코스를 계획해 보는 건 어떨까.

미술관, 박물관의 왕국

학창 시절에는 제주까지 여행 가서 인위적으로 만들어진 OO랜드, OO파크 부류의 시설로 놀러 가는 관광객들이 이해가 가지 않았었다. 어디서도 볼 수 없는 환상적인 자연환경을 가진 제주에서 무엇 하러 그런 인위적인 곳을 가는지 이해가 되지 않았다. 시간이 아까워 보였다. 지금 생각해보면 편견으로 가득 찼다고 생각할 수도 있겠다. 변명하자면 사실 이때에는 다들 평생 제주를 한두 번 갈까 말까 한 여행패턴이 주를 이루던 때였다. 그렇기에 사실 제주의 자연경관들을 누리기에도 턱없이 부족한 시간에 육지에서도 볼 수 있는 부류의 시설들에 가는 것을 이해하지 못하던 것은 어쩌면 그 당시에는 당연한 생각이기도 했다.

그러나 이후 제주 여행패턴은 완전히 변화하여, 많은 분들이 반복적으로 제주에 방문하고 있다. 자주 드나들다 보니 특정 유명관광지에 집착하고 연연할 필요가 없어졌다. 자연스럽게 여행객들은 제주의 자연뿐 아니라, 문화시설과 음식 등 구석구석 다양한 제주를 느끼는 방향으로 변화되었다.

닭이 먼저인지 달걀이 먼저인지 모르겠지만 언제부터인가 제주에 미술관, 전시관, 박물관 등의 시설이 정말 많이 생겨났다. 미술관이 많아져서 찾는 이들이 많아진 것인지, 찾는 이들이 많아져서 미술관이 많이 생긴 것인지 모르겠다. 아니면 서로 인과관계가 없는 독립사건일 수도 있겠다.

2007년 제주현대미술관, 2009년 제주도립미술관이 개관할 당시만 하더라도 솔직히 '서울에 좋은 미술관 많은데 누가 제주도까지 가서 굳이 미술관을 가겠나, 그냥 도민들을 위한 시설 정도로 자리매김하지 않을까? ' 하고 잘못 생각한 적도 있다. 위에서도 말했지만, 제주에 평생 한두 번 가던 일반적인 여행 패턴으로는 서울에서 볼 수 있는 곳을 굳이 제주까지 와서 볼 이유가 없던 것이다.

하지만 여행패턴도 변화하고 미술관, 박물관 시설들도 점차 다양해지면서 나의 편협한 예상은 보기 좋게 빗나갔다. 이제는 더 이상 제주에 여행 가서 미술관을 둘러보는 일이 전혀 이상하지 않다. 최근 십수년 동안 제주에는 미술관, 박물관이 정말 많이 생겨났는데 2020년 12월 기준으로 그 수가 박물관 57개, 미술관 20개에 이른다. 도합 77개라니 정말 읍면리 동네마다 하나씩 있을법한 수준이다. 매주 한군데씩 들려도 일 년 동안 다 둘러보지 못할 만큼 많다. 대한민국에 서울을 제외하고 이런 비율로 미술관, 박물관이 자리 잡은 지역이 어디 또 있을까?

현재 제주에는 어느 정도 규모도 있고, 체계도 잘 잡혀있는 국, 공립 박물관이 9개, 미술관이 3개나 있다. 전통 있는 국립제주박물관, 제주도 민속자연사박물관은 아주 오래전부터 많은 사랑을 받던 곳이면서도 현실에 안주하지 않고 끊임없는 개선을 통해 지금까지도 여전히 높은 수준을 유지하며 많은 방문을 끌어내고 있다. 이후 개설된 제주 돌문화공원, 해녀박물관, 제주 4.3 평화 기념관, 김만덕 기념관, 항일 기념관, 감귤 박물관 등등 널리 알리고 싶은 제주의 다양한 이야기들을 잘 풀어낸 멋진 곳들이다. 제주도립미술관과 제주현대미술관 역시 남녀노소 누구나 아름다운 미술 작품들과 시간을 함께 할 수 있는 곳으로 꼭 추천하고 싶다.

사립기관은 최근 십수 년간 엄청난 수의 증가세를 보였는데 이들은 좀 더 주제가 세분화되어 있어서 특정 세대나 취향에 대해 인기가 많다. 사립 박물관이나 미술관, 전시관, 식물원 등에 대한 수준은 조금 편차가 있는데 이 부분은 조금 뒷부분에서 이야기 하자.

그중에서 가볼만한 대표적인 곳들은 넥슨컴퓨터박물관, 세계자동차제주박물관, 제주항공우주박물관, 소암기념관, 방림원, 김영갑 갤러리, 자연사랑 미술관, 김택화 미술관 등이 있다.

넥슨컴퓨터박물관은 나같이 과거 애플/MSX 8비트 컴퓨터와 오락실 시대를 거친 특정 세대가 혹할만한 콘텐츠로 가득하다. 처음 방문할 때 정말 시간 가는 줄 모르고, 흥분 속에 구석구석 살펴보던 기억이 생생하다.

세계자동차제주박물관은 어린 남자아이들이 열광하는 곳이다. 전시된 멋진 자동차들도 매력적이지만, 박물관을 둘러 코스가 마련되어 있고, 아이들이 코스 운행을 마치면 운전면허증을 발급받을 수 있다. 출구의 매장에서 아이들의 초롱초롱한 눈동자에 빈손으로 나오기 쉽지 않은 곳이기도 하다.

항공우주박물관은 개관 초기 대비 꾸준하게 콘텐츠를 업그레이드해오면서 아주 만족스러운 곳이 되었다. 비행기가 날기 위해서는 많은 과학적인 이론과 기술들이 필요한데 이런 부분에 대해 하나하나 체험형식으로 풀어내어

어른들도 흥미로운 곳이다. 초등학교 고학년 정도의 자녀가 있다면 이해할 수 있고 도움이 되는 콘텐츠가 많다.

소암기념관은 고 소암 현중화 서예가의 작품이 가득한 곳이다. 예전만큼 붓글씨를 접하기 쉽지 않은 시대이지만, 소암은 제주가 낳은 서단의 거목이다. 그의 영향력은 제주를 넘어 근현대 서예계에 크게 걸쳐있다. 그의 존재감을 서예에 관심이 없는 사람도 쉽게 느낄 수 있던 일이 한 번 있었는데, 바로 88 서울올림픽 때의 일이다. 1988년 8월 27일 올림픽 성화가 대한민국에 처음 들어온 루트가 바로 제주공항이었는데, 이 때 이동식 성화대에서 첫 봉송주자에게 성화를 인계한 이가 바로 소암 현중화 선생이었다. 성황봉송에 많은 이들이 참여하지만, 특히 처음과 끝은 매우 공을 들인다. 특히 우리나라가 개최하는 첫 올림픽이었기 때문에 당시 9시 뉴스에도 보도될 정도로 관심도가 컸는데, 하얗게 늘어뜨린 수염이 매우 인상적이어서 종종 회자되곤 했다. 역사적 순간에 그가 선택된 것만으로 서예계나 제주 문화계에서 어떤 의미였는지를 가늠할 수 있었다.

방림원은 설립자의 정성이 구석구석 느껴지는 곳으로 사설 기관의 편견을 완전히 깨준 곳이다. 아름다운 정원으로 가득하며, 한적하게 걷다 보면 어느새 마음이 차분해지는 곳으로 어르신들도 좋고, 가족 단위에게도 즐거운 곳이다. 취향에 따라 다르겠지만, 우리 아이들은 나름 즐겁게 다녔던 기억이 있다.

김영갑 갤러리와 자연사랑 미술관은 고 김영갑 작가와 서재철 작가, 두 사진작가의 갤러리이다. 김영갑 갤러리는 이미 많은 이들이 찾는 핫 플레이스가 되어 큰 설명은 필요 없을 듯 하다. 주로 오름과 제주의 바람이 담겨있는 작품이 많다. 자연사랑미술관 서재철 갤러리는 좀 더 제주 근현대의 생활이 담긴 사진이 많다. 개인적으로는 그의 포구 사진들을 아주 좋아하는데, 대부분의 제주 포구가 본 모습을 잃어버린 이 시점에 있어 소중한 자산이 되었다. 포구가 제주의 생활에 어떤 의미였는지, 어떻게 일궈냈는지 아는 이들이라면 꼭 한번 들려보길 바란다.

김택화 미술관은 그 규모는 크지 않지만, 아이들과 좋았던 경험이 있다. 1층에는 그의 작품들이 전시되어 있고, 2층에는 카페가 있다. 일반인들은 한라산 소주병의 한라산 그림이 바로 김택화의 작품이라고 설명하면 좀 더 친근하게 느낄지 모르겠다. 2층의 카페 역시 평범하지 않은데 모든 의자와 테이블이 수작업으로 재료의 재활용을 통해 만들어졌다. 덕분에 모양이 제각각인데 물건 하나하나에 그 원재료의 사연이 담겨있어 흥미롭다. 1층에서 미술 작품들을 예술적인 충만함과 욕구를 느끼고 2층으로 올라오면 아이들이 한참 그림을 그리고 놀면서 즐겁게 지낼 수 있는 곳이다.

이렇듯 괜찮은 미술관 박물관이 많은 제주이지만, 급격하게 늘어난 곳 중 아주 일부는 고개를 갸우뚱할만한 곳들도 있는 것이 사실이다. 2000년대 후반을 지나면서 소위 관광객들을 타깃으로 한 시설들도 늘어났는데, 법적인 최소등록요건만 충족시키고 여행사와 연계하여 대규모 관광객을 송객 받아 관람시키는 관광형 박물관들이 들어서기도 했다. 특히 2009년 10월 '제주관광진흥기금 융자지원제도'가 실행되면서 도움을 받은 좋은 기관들도 있지만, 일부 함량 미달의 박물관들의 양산이 가속화되기도 했다. 이런 지원제도뿐 아니라 박물관, 미술관, 식물원, 동물원 등은 부가가치세법에서 면세 대상으로 분류되기 때문에 세제 혜택을 받을 수 있다. 극히 일부지만 이런 점들을 악용하여 다소 다른 의도로 시설을 운영하는 경우가 있어 보이기도 한다.

변덕스러운 제주 날씨를 즐기는 법

제주 날씨만큼 변덕스러운 것이 또 있을까. 우리나라에서 가장 높은 한라산이 섬 한가운데에 버티고 있어서인지 제주는 동쪽과 서쪽, 남쪽과 북쪽의 날씨, 그리고 해안과 중산간 날씨가 정말 모두 제각각이다.

그래서 모처럼 제주에 갔는데 비가 오더라도 실망하지 말고 차분하게 동서남북의 일기를 모두 체크할 필요가 있다. 차로 조금만 이동하더라도 비를 피할 수 있는 경우도 있기 때문이다. 요즘은 비구름의 이동상황과 예상 경로에 대한 시뮬레이션까지 되는 기상 어플리케이션들도 있어서 조금만 수고를 더한다면 어려운 일도 아니다. 특히 몇 시간 내리고 그치는 비라면 비구름 이동 경로를 파악하여 잘 피해 다닐 수 있다. 스마트 기술 발전의 힘이다.

하지만 비가 온 이후 산간도로들은 진한 안개로 가득하므로 안전운전에 매우 유의해야 한다. 처음 접해보는 사람은 당혹스러울 정도로 안개가 진하다. 앞차가 하얀색인데 점멸등이 없다면 아예 보이지 않을 정도로 하얗게 안개가 낀다. 특히 교차로에서는 좌우에서 차가 오는지 안 오는지 전혀 보이지 않아 간이 쪼그라들 때도 있다.

아니면 내리는 비를 오히려 즐기는 방법도 있다. 이제는 모르는 이들이 없어진 엉또폭포는 비가 오면 가장 먼저 생각나는 곳이다. 그냥 비가 내리는 것으로는 부족하고, 정말 온 종일 시원하게 내린 이후에야 그 진가를 볼 수 있다. 평소에는 물이 내리지 않지만, 폭우가 쏟아진 이후에는 정방폭포나 천지연폭포는 비교도 되지 않을 규모의 폭포를 이룬다. 정방폭포는 23미터, 천지연폭포는 22미터의 높이이지만, 엉또 폭포의 높이는 50미터에 달하기 때문에 규모에서 거의 2배 이상의 웅장함을 가진다. 다만 십수년 전만 해도 아는 이들이 거의 없었는데 지금은 유명세로 인파가 어마어마하니 고생할 각오는 해두어야 할 것이다.

건천이 대부분인 제주의 하천들도 비가 오면 물을 흘려보내기 시작한다. 비가 내리고 있을 때는 안전을 위해 절대 방문은 금물이다. 비가 완전히 그친 이후 가도 늦지 않다. 비 온 이후의 무수천, 칼다리폭포, 녹산폭포 등은 평소에는 볼 수 없는 비경이다. 아니면 사라오름은 어떠한가. 만수위의 사라오름은 물 위를 걷는 경험을 할 수 있다. 물론 비가 오거나 그친 직후에는 안개가 자욱하여 아무 것도 못 볼 수 있으니 유의해야 한다.

아니면 숲길도 괜찮다. 사실 여름날 비 갠 후의 한적한 비자림은 정말 환상적이었지만, 이제는 사람이 많아도 너무 많아서 그 느낌을 받기는 조금 어려워졌다. 그래도 아직 곳곳에 조금은 비밀스러운 숲들이 있는데 하얗게 낀 안개와 물기를 머금은 나뭇잎들이 뿜어내는 맑은 공기는 마치 지구가 아닌 다른 환상속의 세계에 있는 것은 아닌지 하는 착각에 빠지게끔 한다.

폭우만 아니라면 몽돌해변인 알작지도 괜찮은 선택이다. 도로 개선작업으로 알작지가 거의 망가지긴 했지만, 빗방울이 바닥에 떨어지는 소리와 파도에 돌멩이가 데굴데굴 굴러가면서 만들어내는 소리가 어우러진 하모니는 새로운 기쁨을 느끼게 해 줄 것이다.

동굴은 어떠한가. 동굴도 비올 때 좋은 선택지라고 생각할 순 있지만, 입구까지 가는데 있어서 비를 피하기는 어렵다. 가장 유명한 만장굴은 일단 주차장에서 입구까지 거리가 있고, 다른 이들도 같은 생각으로 동굴을 찾기 때문에 입장하기 위해 어짜피 비를 맞으며 줄을 서야할 수 있다. 제주도민은 무료지만 표는 끊어야 하기 때문에 예외는 없다. 따라서 우산이나 우비는 어쩔 수 없이 챙겨야 한다. 쌍용굴이나 미천굴 역시 한림공원, 일출랜드 안으로 한참을 걸어 들어가야 하기 때문에 비를 피한다는 느낌은 어렵다. 또한 비가 오고 옷이 젖으면 동굴 안이 더욱 춥게 느껴질 수 있기 때문에 개인적으로는 우천시 동굴 방문은 그렇게 추천하고 싶지 않다. 오히려 더운 날 방문하는 편이 시원하고 좋다.

아쿠아플라닛이나 빛의 벙커같은 SNS 핫 플레이스 실내관광지들은 비를 피해 온 이들로 인산인해를 이룬다. 조금 한적한 실내를 찾는다면 차라리 국립제주박물관이나 도립미술관 같은 차분한 곳이 좋은 선택이 될 수 있다.

아니면 괜찮은 우비 한 벌 정도는 구비하고 다니는 것을 추천한다. 저렴한 일회용 비닐 우의는 비록 가벼운 장점이 있지만, 벗었다가 다시 입기도 불편하고 너무 더워 가뜩이나 비가 와서 힘든 여행객의 스태미나를 더욱 갉아먹을 것이다. 그렇다고 우산은 트래킹에 번거롭고 효과도 크지 않다.

비가 온 다음 날은 보통 먼지가 없어 자연의 색감이 아주 좋고 공기가 맑아 경치가 좋을 것이라 생각한다. 그래서 멋진 전망을 위해 한라산 오름에 오르려고 계획하는 이가 있을지도 모르겠다. 하지만 이 역시 별로 추천하지 않는다. 십중팔구의 경우 자욱한 안개로 인해 멋진 전망은 커녕 한 치 앞도 내다보기 힘든 시계를 확인하게 될 것이다.

더운 날은 어떨까. 지구 온난화 탓인지 2021년 제주에는 벚꽃이 무려 3월부터 피기 시작했다. 이제 제주는 4월만 되어도 더워지기 시작한다. 더운 날은 해가 갈수록 점점 늘어나고 있고, 여름휴가 피크 시즌의 제주는 솔직히 더워서 이곳저곳 다니기도 어렵다. 그래서 역시 여름에는 물놀이만 한 게 없다. 다만 내가 좋은 바다는 남들도 똑같이 좋아하기 때문에 쏟아지는 인파는 감수해야 한다.

아이와 함께하기에는 김녕 해변 옆에 조그마한 세기알 해변에서 그늘막을 치고 노는 것도 괜찮고, 금능에서 방갈로 하나 빌려서 쉬다가 물에 들어가기를 반복해도 좋다. 한적한 물놀이를 위해 몇몇 포구나 용천수를 이용하기도 하지만, 포구는 안전문제가 있고 용천수는 너무 차가운 문제가 있다. 특히 포구는 종종 인명사고가 발생하여 뉴스에 나기도 하니 유의하는 편이 좋다.

더운날 더위를 피하기 좋은 곳은 동굴도 있다. 동굴은 입구 근처만 다가가도 안에서 뿜어내는 차가운 공기가 느껴진다. 더운 여름철 열정으로 똘똘 뭉쳐서 이곳 저곳 여행하는 것도 좋지만, 시원하게 땀을 식히기에는 동굴이 최고인 듯 하다.

아니면 나무가 울창하여 그늘이 있는 숲으로 가거나 서귀포휴양림 같은 곳에서 하루를 보내는 것도 시원하다. 혹은 어승생악이나 1100고지 같이 높은 곳으로 가면 해안가보다 1~3도 낮은 온도로 시원함을 느낄 수 있다.

눈이 올 때는 역시 뭐니뭐니 해도 한라산의 눈꽃이 최고다. 아이젠을 비롯한 보호 장구류를 잘 착용하고 안전 산행하는 것은 좋다. 하지만 산간도로에서 눈길에 차량이 미끄러져 본 적이 있는가? 이십여 년 전 1135도로 였던 걸로 기억하는데 눈길 속에서 차가 미끄러진 적이 있었다. 당시 운전대를 잡은 친구도 대처를 잘했지만, 마침 저속에 운도 따라줘서 겨우 사고를 면할 수 있었다. 하지만 한번 미끄러지기 시작하면 장사가 없다는 것은 깨달았다. 눈 내릴 때 체인은 필수이며, 가급적 눈이 내릴 때는 차를 가지고 다니는 것은 추천하지 않는다.

여행도 좋지만, 안전이 담보가 되어서는 안될 것이다. 눈이나 비가 심할 때에는 숙소에서 가족과 함께 창밖을 보며 여유있게 커피나 다과를 즐기며 이야기 꽃을 피우는 것은 어떨까? 비가 오면 볼 수 있는 비경도 많지만, 눈이나 비가 만들어주는 단출한 여유시간이 가족들을 더 끈끈하게 만들어 줄 수도 있다. 꼭 무엇인가를 구경하러 다녀야 여행이 가치있는 것은 아니다.

차라리 동남아에 간다니?

보통 국내 식당에서는 소고기가 돼지고기보다 절대적으로 값이 비싸다. 그래서 우리들은 무의식적으로 소고기가 더 좋은 음식이라고 인식하고 있다.

언젠가 미국 출장지에서 한인 식당에 들려 고기를 먹을 일이 있었다. 메뉴판을 보니 소고기와 돼지고기의 가격이 똑같았다. 잘못 본 건가 싶어 다시 눈을 비비고 확인했지만, 소고기나 돼지고기나 같은 그램(g) 수에 같은 가격이었다. 그러면 많은 한국 사람들은 생각할 것도 없이 소고기를 선택할 것이다. 나 역시 그랬다. 하지만 동석한 사람의 말이 인상적이어서 기억에 남는다. "한국에서 소고기가 돼지고기보다 비쌌던 게 뭐가 중요합니까? 지금 이 식당에서 소고기 떼어다가 한국에 가서 팔 거 아니잖아요. 이곳에서 소고기와 돼지고기는 같은 가격이고, 동등한 가치를 가지고 있어요. 여기서 먹을 고기를 고르는 것이라면, 순수하게 좋아하는 맛을 골라야 합니다."

뒤통수를 얻어맞은 느낌이었다. 그의 말이 맞았다. 처음에 소고기를 선택했던 나는 단순하게 한국에서 소가 더 비쌌으니까 같은 가격이라 하니 소를 선택했었다. 내가 어느 고기의 맛을 더 좋아했을지, 내 몸에는 어느 고기가 더 잘 맞았는지 진지하게 고민해본 적이 없다. 같은 가격의 돼지고기를 고른다고 할지라도 내가 돼지고기의 맛을 더 좋아한다면 그곳에서 그것은 좋은 선택이었다. 같은 돈을 내는데 내가 더 좋아하는 것을 선택해야 하는 편이 어찌 보면 당연하지 않은가?

“같은 값이면 당연히 해외를 가야지!"

이렇게 생각한 적도 있지만, 이제는 그렇지 않다. 이상한 게 같은 값이면 내가 더 좋아하는 곳을 가야지, 같은 값이면 왜 해외를 가야 할까? 해외가 절대적으로 국내보다 좋은가? 내가 무엇을 좋아하느냐가 아니라, 해외가 국내보다 좋다는 선입견이 있던 것은 아닐까?

나이를 먹으면서 돌이켜보면 처음에는 해외의 낯설고 생소한 것에 대한 신기함과 설렘이 컸지만, 많이 다니다보니 결국 해외도 다 사람 사는 곳이고 비슷비슷하게 느껴졌다. 언제부터인가 국내에도 해외 못지않게 더 재미있고 괜찮은 곳도 많고, 아름다운 곳도 많다는 것을 깨닫기 시작했다.

사람들과 제주여행에 대한 이야기를 나누다보면 종종 듣는 말이 있는데, 위에서 이야기 한 말과 조금은 비슷하다.

“그 돈 주고 제주도를 왜 가? 차라리 동남아를 가지!”

사람마다 기준이 다르겠지만, 적어도 난 이 말에 동의하지 않는다. 보통 그렇게 말하는 사람들은 보통 두 가지 우를 범하는데, 하나는 판단기준이 공정하지 않을 때가 많다는 것이고, 다른 하나는 제주에 얼마나 많이 볼거리가 많은지 미처 깨닫지 못했다는 점이다.

많은 이들이 동남아에 대한 비용을 계산할 때 저가항공, 저가숙소를 편성하고, 제주도에 대해서는 렌터카와 고급호텔 비용을 전부 포함시켜서 비교한다. 이미 금액적인 비교에 있어서 잣대가 공정하지 않다. 왜 무릎이 앞 좌석에 바짝 닿아서 이러지도 저러지도 못한 상태로 밤새워 네다섯 시간 비행해야만 갈 수 있는 저가항공과, 좀 더 여유로운 좌석으로 한 시간이면 편안하게 갈 수 있는 국내 항공편의 차이를 계산에 두지 않는 것인지 모르겠다. 또한 대부분 심야에 편성되어있는 동남아 항공편을 이용하기 위한 고생과 길에 버리는 시간들은 비용으로 환산하지 않는다. 비상상황 관련 리스크에 대한 비용도 환산하지 않는다. 커뮤니케이션의 한계로 인한 여행 깊이의 한계도 계산에 없다. 아이들 먹거리는 어떠한가. 게다가 제주 여행에 비해 중간중간에 일정과 동선의 유연함을 가져가기에도 한계가 있다. 나 역시 동남아 이곳저곳 남들 못지않게 다녔지만, 내 경우에는 비슷한 기준으로 계획을 잡을 때, 즉 일가족 전부가 움직여야 하고 일정수준의 청결과 서비스, 안전과 교통 등을 따지다보면 결코 동남아가 제주보다 여행경비가 적게 소요되지 않는다.

그리고 제주가 얼마나 많은 볼거리가 있는지 잘 느끼지 못하는 경우도 많다. 남의 떡이 더 커 보이는 건 어쩔 수 없는 것인가? 젊은 시절 여행이나 출장으로 해외를 나갈 기회가 종종 있었는데 한동안은 해외로 나가는 비행기를 타는 것만으로도 설렐 만큼 외국으로 나가는 사실 자체가 좋았는데, 언제부터인가 더 이상 해외에서의 생활이 신기하거나 근사해보이지 않았다. 우리나라가 더 좋은 부분이 많이 눈에 들어왔다.

경관으로 따져도 제주도의 경쟁력은 훌륭하다. 산이면 산, 바다면 바다 어느 것 하나 아쉬운 것이 없다. 해외에서 햇살을 머금은 썰물 때의 금능보다 아름다운 해변을 본 기억이 많지 않다. 호주의 본다이 비치, 캘리포니아의 말리부 해안도 내 눈에는 금능에 비할 바가 아니었다. 우리가 그렇게 많이 가는 사이판의 타포차우산 정상에서 내려다보는 광경보다 제주의 어느 오름에서 내려다보는 경관이 훨씬 근사하다. 파리의 센느 강보다 용연이나 쇠소깍이 훨씬 운치 있고 멋지다. 시애틀의 올림픽 국립공원에서의 거대한 나무들보다 한라산에서 볼 수 있는 편백 숲이나 명월리의 팽나무들이 훨씬 신비로웠고, 해외에서 신비롭게 보던 이끼들보다 효명사의 콩짜개로 뒤덮인 문이 훨씬 멋들어져 보였다. 보라카이의 선셋보다 차귀도 요트에서 바라본 일몰이 수십 배 훌륭했다. 그레이트 오션로드의 12사도나 서귀포의 외돌개나 똑같이 멋있을 뿐이다.

동남아의 초대형 럭셔리한 리조트가 그립다 하면 인정할만 하나, 동남아에서 둘러본 자연과 제주의 자연을 비교 선택하라면 난 일말의 고민도 없이 제주의 자연의 손을 들어줄 것이다. 제주를 알아가면 갈수록 해외여행에 대한 갈증은 점차 희미해져 갔다. 남의 떡이 더 커 보여서 그런 것인지, 아니면 우리가 제주는 언제든지 갈 수 있는 곳이라고 생각하여 그 가치를 스스로 인정하지 않는 것인지 모르겠다.

한 가지 자신 있게 말할 수 있는 건 멋진 볼거리가 있는 해외는 많지만, 제주도처럼 차로 한 시간 이내에 어디든 구석구석 도착할 수 있는 면적에 이토록 오밀조밀하고 빽빽하게 다양한 볼거리가 모여있는 곳은 거의 없다는 것이다.

점점 제주여행에 대한 패턴이 바뀌어가고 있고, 제주의 진면목을 알기 시작한 이들이 많아지고 있으니 제주를 가느니 동남아를 간다는 말은 점점 사라질 것이다. 물론 제주가 과거와 현재의 모습을 잘 간직하고 있어야 하는 전제가 따른다. 자연을 훼손하는 개발이 난립하는 상황이 앞으로도 계속된다면 불가능하다.

아이와 함께 제주 1 - 아이의 마음 관리

개인적으로 운영하는 제주 관련 블로그에는 아이와 함께 한 여행이 포스팅의 대부분을 차지하고 있다. 제주도를 주제로 한 블로그를 운영하고 있지만, '재외제주도민' 이라는 물리적인 거주 위치의 한계 때문에 하루하루 재빠른 현장 소식이나 상세한 이야기보다는 아무래도 '여행자' 입장에서의 시선이 가미된 글을 쓰게 된다. 그리고 그 여행의 형태는 결혼한 이후로는 대부분 '아이와 함께하는 가족여행'이 되었다.

여행을 갈 때 모두가 공평하게 의견을 내고, 투표를 걸쳐 일정을 합의하고, 서로 상호 협의를 거쳐 다듬어낸 계획이 나오는 경우는 별로 없다. 전체적인 방향에 대해서는 합의가 필요하겠지만, 세부적인 계획은 보통 부지런하거나 이 여행에 적극적인 한 명이 리드하여 수립하는 경우가 많다.

보통의 가정에서는 주로 아내가 그 역할을 담당하는 경우가 많은데, 내 경우는 여행을 위해 사전 조사하고 계획을 세우는 단계에서 큰 즐거움을 얻기 때문에 일반적으로 여행의 디테일한 계획을 직접 챙기는 편이다. 결혼 이후 적지 않은 횟수로 여행을 다녀오면서 물론 즐거웠던 기억도 있지만, 서로 싸우기도 하고, 아이들과 티격태격 시행착오를 반복하다 보니 몇 가지 깨달음이 생겼다. 아이들과 수없이 제주도 구석구석을 여행하며 느낀 점들을 적어 보고자 한다.

아이와 함께 제주도를 여행할 때 여행의 성패를 좌우하는 가장 중요한 요소는 여행코스도 아니고, 맛집이나 숙소도 아니며, '아이의 컨디션'이라고 단언할 수 있다. 다른 부수적인 요소들이 있을 수 있으나 결국 아이의 기분과 몸 상태가 온 가족의 여행 성패를 좌우한다.

요즘은 앞서 이야기했던 여행패턴의 변화로 제주도를 자주 찾는 이들이 늘어나고 있기는 하다. 그래도 큰 마음먹고 몇 년 만에 계획을 잡아서 제주를 방문하는 이들 또한 여전히 많이 있다. 그런데 우리나라에서 해외의 여느 직장들처럼 보름이나 한 달 씩 장기간 휴가를 다녀오는 게 가능한 직장은 거의 없다시피 한 것이 현실이다. 바로 여기서 문제가 발생하는데, 보통의 아이와 함께하는 제주 가족여행 기간들이 2박 3일에서 길어봤자 4박 5일 제주를 방문하는 이들이 대부분이다. 몇 년 만에 마음먹고 오는 여행임에도, 비행기 타고 내리고 짐 찾고, 렌터카 빌리러 가고 하는 부수적인 요소들로 휴가의 첫날과 마지막 날은 순식간에 소진되어 버린다.

그래서인지 짧은 기간 안에 알차게 구경하려고 고3 수험생의 하루 일과표처럼 빽빽한 시간표들을 들고 오는 경우가 많다. 그리고 계획에 따라 그 짧은 기간 동안 아침부터 밤까지 동에 번쩍, 서에 번쩍하곤 한다. 제주도가 결코 작은 섬이 아닌데 피로가 가중될 수밖에 없다. 이건 왕성한 체력이 뒷받침되는 청년 때나 가능한 일정이다. 제주 한달살이를 통해 아이와 함께 좋은 추억을 많이 가져가시는 분들이 많은 이유는 이런 단기 여행과 큰 차이점 때문인데, 바로 충분한 일정에서 오는 마음의 여유 때문이다. 아이와 함께 제주를 만끽하실 수 있는 마음이 바로 여유를 통해 열리는 것이다.

아이는 거짓말을 하지 않는다. 이것은 아이의 순수성을 표현하기 위한 말이기도 하지만, 아이의 몸 상태에도 그대로 적용되는 이야기이기도 하다. 아이의 평소 리듬을 벗어나, 쿨쿨 잠을 자야할 시간에 아이가 새벽부터 비행기를 타거나, 여행을 위해 자동차 카시트에 오랫동안 앉아있어야 한다면 당연히 아이는 피곤함을 느끼게 된다. 하지만 피곤한 아이는 "내가 이래서 피곤하니 여행은 쉬엄쉬엄하자." 식으로 돌려서 이야기하지 않는다. 아직 어려서 그런 걸 조리 있게 표현하는 요령이 없기 때문이다. 그냥 원초적으로 의사를 표현한다. 바로 '울음' 과 '짜증'으로 자신의 피곤함을 알린다.

그러면 엄마아빠 마음은 다급해진다. 마음 한구석엔 '휴가는 3일밖에 못 받았는데! 오늘 여기도 보고 저기도 봐야 하는데~!' 생각이 불현듯 떠오른다. 부모의 여행 욕심과 계획에 반해 아이는 빠릿빠릿하게 잘 따라주지를 않고, 힘들게 계획해서 좋은 곳에 갔더니 아이는 투덜대며 가탈을 부리는 등 하는 속이 터지는 상황들에 직면하게 된다. 하지만 과연 아이가 잘 따라주지 않고 칭얼대서 여행이 힘들어진 것일까?

아이의 컨디션을 위해서 주의해야 할 점이 여러 가지가 있지만, 아이와 함께 제주 여행을 하실 때 제일 중요한 건 아이의 리듬에 맞춘 '여유 있는 일정 계획'이다. 욕심을 버려야 한다. 관광지에 대한 욕심을 버려야 한다. 맛집에 대한 욕심을 버려야 한다. 하루에 두 개, 많은 날은 세 개 정도의 사이트만 목표로 하시라. 오전에 하나, 오후에 하나, 체력적으로 괜찮은 날이면 야간에 하나 더 해서 총 2~3개의 포인트만 목표로 하는 게 좋다. 처음부터 4~5군데씩 들리는 일정은 아이를 챙겨야 하는 어른 입장에서도 체력적으로 부담될 수 있다. 아이들은 당연히 완전히 피곤할 뿐이고 나중에 어디가 어디인지 기억조차 못 할 것이다. 가족 간의 여행에서는 얼마나 많은 곳을 보느냐가 아니라, 한곳을 보더라도 아이와 어떻게 시간을 보내느냐가 가장 중요한 문제이다. 부디 2~3개의 메인 일정만 운영하시되, 시간과 상황이 생각보다 많이 남을 때 바로바로 끼워 넣을 수 있는 작은 서브 일정들을 준비해보자. 이 서브 일정들은 가면 좋지만 안 가도 그만인 일정들로 준비하시면 된다.

제주까지 여행와서도 시간에 쫓기는 건 가급적 지양하는 편이 좋다. 그래서 시간 예약이 필요한 일정은 가급적 그날의 첫 일정으로 끼워 넣으면 편안하다. 시간이 정해진 예약타임이 오후에 남아 있으면 선행일정들이 모두 시간에 쫓기는 불상사가 생기기 때문이다.

여유 있는 일정을 가져가면 여러 장점을 얻을 수 있다. 자칫 인증 샷만 찍게 되는 무의미한 여행이 되는 것을 막아줄 수 있다. 시간에 쫓기지 않아 마음이 한결 넉넉해지고, 피로감도 적기 때문에 자연스럽게 서로간의 대화도 부드러워지고 즐겁게 시간을 보낼 수 있다. 먼 훗날 '이때 내가 제주 어디어디에 가봤어!'로 기억되는 여행을 원하는가? 아니면 '이때 제주에서 아이와 함께 즐겁고 여유로운 시간을 보냈지' 하는 추억을 남기고 싶은가?

아이와 함께 제주 2 - 부모의 마음 관리

두 아이의 아빠이다 보니 아무래도 최근 십여 년간의 제주 일정은 대부분 아이들과 함께 했다. 제주에 관한 기록을 몇 년간 꾸준하게 개인 블로그에 기록 중인데, 글을 남기는 대부분의 장소 하나하나에 아이들과의 기억이 고스란히 담겨있다. 이렇게 그 장소는 또 다른 의미를 가진 곳으로 재탄생한다.

평소에 아이와 함께 제주를 여행하는 것을 주제로 글을 종종 적어보지만, 나 역시 여전히 여행에서 아이와 티격태격 하면서 즐겁지 못한 기억들을 가끔씩 남기기도 있다. 그러면서 배워간다. 배움에는 끝이 없다. 과연 나는 어른이라 말할 수 있는가? 아이와의 문제에 어른답게 대처하지 못할 때마다 자녀가 아니라 오히려 내가 여전히 성장이 필요한 아이 같다고 느낄 때가 많다.

인터넷 공간에 포스팅되는 대부분의 글에는 항상 행복해 보이고 잘 나온 사진만 올라가기 때문에 많은 독자가 저 집은 항상 행복한 건가 오해할 수 있겠지만, 내 가족 역시 다른 모든 이들과 마찬가지로 평범하게 여행을 망치기도 하고, 즐겁게 보내기도 한다. 아이와 함께 즐거운 여행을 보내기 위한 이론과 준비는 어느 정도 다듬어졌다고 생각하지만, 그래도 아빠이기 전에 비루한 인간이자 감정의 동물이기에 현장에서는 종종 이성을 벗어나 감성이 지배하면서 여행을 망치기도 한다.

즉, 이번에 하고 싶은 말은 '부모의 감정을 위하는 것도 중요하다'는 것이다. 바로 앞 장에서 '아이의 감정과 몸 상태'를 우선하더니, 이번엔 '부모의 감정'을 이야기하냐고 반문하실 수도 있겠다. 하지만 여행에 있어서 그 본질은 결국 같은 이야기로 수렴한다. 왜냐하면 아이와 함께 제주를 여행하더라도 결국 "가족 모두" 가 여행하는 것이기 때문에 "아이의 감정과 몸 상태"를 우선한다고 해서 부모의 감정이 상해서는 즐거운 여행이 될 수 없기 때문이다.

다만 해결하기 위한 방법은 좀 다르다. 아이의 감정을 위해서는 모든 것이 아이를 위주로 일정이 코디네이션 되지만, '부모의 감정을 위해서 부모를 위한 일정을 추가해야 한다' 는 식의 해결책을 이야기하려는 것은 아니다.

지난 여행들을 돌이켜 생각해보고 복기해보면 '부모의 감정', 특히 엄마나 아빠 중 여행을 이끄는 분의 입장에서 생각해보면 어느 정도 해결책이 보인다.

아이가 어리기 때문에 자연스럽게 여행계획은 어른인 아빠나 엄마의 몫이 될 것이다. 여행에서 가장 재미있는 순간 중 하나는 비행기 표를 예약하고 여행계획을 짜는 바로 그 순간 일만큼 계획을 짜는 사람은 내 가족들에게 좋은 순간들을 가득 채워주고 싶은 마음으로 설렘 속에 욕심껏 계획을 만들어나

갈 것이다.

여기에 모든 비밀이 숨어있는데, 아이와 함께하는 여행은 매우 많은 변수가 발생할 수밖에 없기 때문에 정성껏 계획을 만들었지만, 계획대로 여행이 이루어지는 것은 불가능에 가깝다고 봐야 한다.

문제는 여행 도중 변수가 발생하여 열심히 만든 계획이 틀어질 경우 아무리 겉으로 평온한 척하더라도 부모들도 감정이라는 것이 있기 때문에 상처받고 쌓이기 시작한다. 당장 겉으로 표출되지 않더라도 조금씩 누적될 것이다. 특히 간만에 각 잡고 벼르고 모처럼 나온 여행일수록 그럴 확률이 높다.

이는 계획을 정성껏 마련했음에도 불구하고, 돌발 상황에 대한 플랜B, 플랜C, 플랜D가 없기 때문이다. 돌발 상황은 날씨가 될 수도 있고, 아이의 불안정한 감정이 될 수도 있고, 지연된 시간 일정이 될 수도 있고, 목적지 현지의 사정이 될 수도 있다. 혹은 계획했던 곳이 문을 닫았을 수도 있다. 여행지에서는 변수가 너무나 다양하다.

빽빽하지만 경우의 수가 고려되지 않은 단 한 가지 버전의 가득한 시간 계획은 여행을 망치는 지름길이다. 거꾸로 이야기하면 상황에 따른 여러 버전의 변동성을 담은 계획은 여행을 행복하게 마무리할 수 있는 지름길이다. 무계획과는 다른 이야기이다. 무계획하게 바람 따라 구름 따라 돌아다니는 여행은 아이와 함께할 때는 금물이다. 무계획한 여행의 즐거움은 혼자 다니거나 친구나 아내와 다니는 것으로 충분하다. 아이와 함께 하는 여행은 철저한 준비가 되어야 한다. 정성껏 준비한 여행이 비가 와서 물거품이 되거나, 아이가 드러누워 더 이상 진행이 안 되거나, 선행 일정이 지연되어 후속일정이 망가지거나, 목적지가 문을 닫거나 공사 중일 수도 있기에 여행에 일어날 수 있는 무궁무진하다. 철저한 계획이란 빽빽한 일정을 의미하는 것이 아니라, 변화무쌍한 상황에 대한 대비가 계획에 녹아있어야 한다는 이야기다.

제주를 여행할 때 부모의 평온한 감정을 위해 해야 할 일이 몇 가지 있다.

첫째, 일기예보 체크는 당연하다. 하지만 제주는 그 날씨가 동네별로 변화무쌍하다. 한 곳에서는 비가 몰아치는데, 차로 조금만 이동해도 화창한 경우도 적지 않다. 제주에는 일기예보만으로는 담을 수 없는 변화무쌍한 기상이 있기 때문에 눈, 비, 바람 등에 대비한 백업플랜이 마련되어 있으면 좋다. 비가 올 때 실내관광지를 찾는 것도 좋지만, 오히려 편한 우비를 준비했다가 정면 돌파하는 것도 즐거운 여행방법이다.

둘째, 아이의 기분과 체력상황에 따라 기복이 있을 수밖에 없다. 하루 일정 중에 가면 좋고, 안 가도 그만인 일정들을 중간중간 포함해보자. 변동성에 대응할 수 있는 여유가 생기고, 못가게 된다 하더라도 누구도 마음이 상하지 않을 수 있다.

셋째, 일정계획이 너무 타이트하지는 않은지 자신의 계획을 다시 돌아볼 필요가 있다. 앞에서도 이야기했지만, 아이가 소화할 수 있는 일정은 한정적이다. 하루에 1~2개의 메인일정에 가도 그만 안 가도 그만인 작은 일정을 2~3개 정도 예비로 준비해보자. 어른들만 있다면야 체력과 기동력이 뒷받침되기 때문에 하루에도 온 제주를 누비고 다닐 수 있지만, 아이와 함께하는 여행은 절대 그렇게 될 수 없다. 일정계획이 여유롭다면 선행 일정이 예상보다 지연되더라도 마음이 조급해지지 않는다.

넷째, 사전에 시간예약이 필요한 일정은 가급적 최대한 그날의 첫 순서의 일정으로 잡자. 만약 시간예약이 필요한 일정보다 앞서서 다른 일정들이 있다면, 뒤 시간에 다가올 예약 때문에, 선행일정 수행 중 발생할 수 있는 크고 작은 변동성 하나하나에 대해 애가 탈 수밖에 없고, 서로 예민해질 수밖에 없다.

다섯째, 목적지 현지의 사정이라는 변수에 대한 대응은 역시 많은 사전 조사다. 특히 목적지에 공식 홈페이지가 있다면 공사나 휴무 등에 대한 정보를 정확하게 확인하자. 그렇지 않다면 인터넷 블로그나 SNS를 통해 최근 포스팅들을 꼭 확인하자. 평소에 인기 있는 목적지였지만, 당장 내가 내일 방문해야 하는 상황에서는 변수가 있을 수 있기 때문이다.

'제주도는 자연을 찾아 힐링하는 것 아닌가요? 이렇게 빡빡하게 사전 조사하고 일정 세우는 데 공을 들여야 하나요? '라는 질문이 있을 수 있다. 충분히 나올 수 있는 질문이다. 여행에 정답은 없다. 다만 실패할 가능성을 조금씩 줄여나가는 방법을 말씀드리는 것뿐이다. 특히 아이와 함께 여행하고자 하는 이들에게 도움이 되는 시각으로 글을 쓴 것이며, 여행멤버 구성에 따라 적용의 정도는 다를 수 있다. 모든 것을 내려놓고 무계획하게 여유를 즐기는 여행은 홀로 여행할 때 하는 것이다. 일행 중 아이나 노약자가 있다면 사전준비가 많으면 많을수록 좋다.

물론 예외는 있다. '우리의 목적은 관광이 아니라, 휴양이다!' 싶을 때인데, 이럴 땐 숙소를 조금 신경 써서 투자해보자. 그것으로 충분하다. 혹은 동네 하나를 선정해서 마치 현지 주민이 된 것처럼 그 동네에서만 시간을 보내는 것도 대단히 좋은 방법이다.

제3장
알려주고 싶은 숨은 이야기

노란 제주와 우장춘 박사

제주의 봄을 색으로 표현하라고 하면 어떤 답들이 나올까? 제주도를 생각할 때 가장 먼저 떠오르는 꽃은? 요즘 제주에서 즐길 수 있는 꽃이 다양하긴 하지만, 많은 분들이 봄철 제주를 노랗게 물들이는 유채꽃을 떠올릴 것이다. 봄에 제주를 방문했던 경험이 있는 사람치고 노랗게 펼쳐진 유채꽃밭을 배경으로 추억과 함께 사진 한 장 안 찍어본 사람이 있을까. 과거 신혼여행지로 명성을 떨치던 시절부터 노란 유채꽃밭에서의 사진은 '나, 제주에 다녀왔어!' 하는 인증이 되기도 했다.

그렇다면 유채꽃은 제주에만 있는 것일까? 그리고 언제부터 제주를 대표하는 꽃이 되었을까? 유채꽃은 아주 오래전부터 제주에서 자생하여 살게 된 것일까? 아니면 누군가가 목적을 가지고 키우는 것일까?

유채꽃은 제주도에서만 볼 수 있는 식물은 아니다. 주로 중국의 남쪽 지역이나 우리나라, 일본 등에 분포되어 있다. 우리나라에서도 제주도뿐 아니라 육지에서도 남부 일부 지역에서 재배되고 있다. 심지어 최근에는 서울 한강에서도 유채꽃밭을 조성하여 유채꽃 축제를 개최하기도 했다.

유채꽃이 아주 먼 옛날부터 제주의 대표적인 꽃이었던 것은 아니었다. 제주에서 본격적인 유채 재배가 시작된 것은 생각보다 오래되지 않은 일이다. 제주에 본격적으로 유채꽃이 도입된 것은 1950년대 전후이며, 일본에서 우량품종을 도입해 재배하기 시작했다. 70년도 채 안 된 일이다.

이 글을 읽는 분들은 모두 학창 시절에 씨 없는 수박으로 유명한 우장춘 박사의 이름을 한 번쯤 들어보셨을 것이다. 하지만 정작 씨 없는 수박은 우장춘 박사가 만든 것이 아니라고 한다. 우장춘 박사가 유전학을 연구하면 씨 없는 수박처럼 신기한 작물도 만들 수 있다고 예시를 든 적은 있다고 한다. 하지만 이때부터 씨 없는 수박은 곧 우장춘 박사라는 잘못된 등식이 성립되었다고 한다.

오히려 우장춘 박사는 제주 유채와 감귤의 역사에 있어서 아주 중요한 인물이다. 우장춘 박사는 이미 일본 동경대학 박사학위 논문에서 배추와 양배추를 교잡해 인공적으로 유채를 창출하였다. 이 연구가 얼마나 대단한 것이냐면 다윈의 진화론, 즉 종은 자연도태의 결과로 같은 종끼리만 교배가 가능하다는 내용을 뒤집는 엄청난 성과였다. 당시 한국에 기름이 부족한 것을 안타까이 여겨 이 유채를 한국에 가지고 와 본토 남부와 제주에 기름작물로 권장해 심도록 하였다.

유채꽃은 소득을 위해 재배할 만큼 그 쓰임새가 다양하다. 꽃은 다들 아시

다시피 경관용으로써 제 역할을 톡톡히 하고 있다. 그 외에 유채의 종실은 새모이나 가축 사료로 이용되며, 유채 기름은 튀김유, 샐러드유 등 식용으로도 사용된다. 심지어 공업용으로도 디젤엔진 연료, 페인트, 윤활유 등에도 사용된다. 깻묵은 가축 사료나 비료로 사용된다. 유채 나물을 먹기도 하며, 요즘은 바디워시나 화장품 등에도 사용되는 등 그 쓰임새가 실로 다양하다.

집에서 요리할 때 사용하는 '카놀라유'가 바로 유채 기름이다. 정확히는 유채의 씨에서 짜낸 기름이다. 유채꽃 씨에는 Erucic Acid 이라고 하는 성분이 있는데, 이 성분이 동맥경화나 심장질환을 유발할 수 있다. 그래서 캐나다에서 이 Erucic Acid 를 거의 없앤 유채 개량품종을 개발했는데, 여기서 나온 기름이 바로 카놀라유이다. 카놀라(Canola)는 캐나다(Canada)의 'Can'과 Acid 가 적은 기름(Oil, low acid)의 'O,la' 가 합쳐진 합성어이다. 카놀라 자체가 '캐나다산 Acid 가 적은 기름' 이라는 뜻을 가지고 있다. 그래서 '카놀라유' 라 하면 마치 '역전앞' 같이 Oil 이 중복되기도 하는 말이기도 하다.

처음에는 제주에서 유채꽃이 지금처럼 경관용보다는, 소득을 위한 농작물이었다. 70~80년대에 이르러서는 생산면적이나 생산액이 절정에 달했다. 현재 전국의 유채 생산량을 100이라 할 때 30 전후로 제주에서 재배되고 있다. 1970년대에 생산량이 가장 많았으며, 지금은 지속적인 감소추세에 있다. 많은 전문가는 그 원인을 낮은 소득성과 수입물량 급증, 그리고 92년 이후 정부 수매가격이 동결된 점 등을 이유로 꼽곤 한다.

보통 유채꽃은 3~4월에 꽃피우지만, 최근 제주에서는 겨울철에도 심심치 않게 발견되는데 지구 온난화가 심각해져서 유채꽃이 정신을 못 차리고 일찍 피는 것은 아니고 개량종이다. 물론 지구 온난화 문제가 심각하지 않다는 이야기는 아니니 오해 없길 바란다.

일반적인 봄 유채꽃은 보통 11월에 파종해 3월 말부터 4월 초에 만개한다. 제주에서 요즘 겨울에 피는 유채꽃은 교잡종인 산동채로 8월말에 파종한다. 관광자원으로 주목받으면서 개화시기를 앞당기기나 늦추기 위한 연구들이 계속되었다.

제주도에서 유채꽃이 유명한 곳은 성산, 산방산, 서우봉 등이 있지만 역시 가장 큰 규모는 가시리라고 할 수 있다. 제주유채꽃축제는 1983년 '유채꽃 큰잔치'를 시작으로 지금까지 이어져 오는 제주의 대표적인 축제 중 하나인데, 개최지가 순환식으로 변경되던 과거와 달리 2017년부터는 계속 가시리에서 개최되고 있다. 가시리에는 유채꽃 프라자가 있고, 조랑말체험공원 옆으로 무려 10만 제곱미터에 달하는 면적으로 광활한 유채 꽃밭이 조성되어 있다. 축구장이 14개나 들어가는 거대한 규모이다. 그뿐만 아니라 가장 아름다운 드라이브길 중 하나인 녹산로 양옆으로 늘어진 유채꽃길은 가히 환상적이다. 다른 사람에게 피해 주는 일부 관광객들의 운전 및 주차매너만 빼고.

제주를 대표하는 색

제주의 봄을 노랗게 물들이는 유채 이야기를 앞장에서 다뤘는데, 그렇다면 제주를 대표하는 색깔은 무엇일까? 감귤로 대표되는 주황색? 유채로 대표되는 노란색? 아니면 어디서나 볼 수 있는 돌담들을 이루는 검은 회색? 이 책을 읽고 계신 여러분들은 어떻게 생각하시는지 궁금하다.

제주특별자치도 홈페이지에는 제주 소개 및 상징이라는 코너에서 제주를 대표하는 꽃, 나무, 새, 색깔 등에 대해 정의하고 있다. 일반적으로 생각하는 꽃, 나무, 새, 색과는 다소 거리가 있을 수 있다.

보통은 제주를 생각하면 일반적으로 떠올리는 꽃들로 유채꽃, 동백꽃, 수국, 황근, 벚꽃, 해바라기 등을 떠올리지만, 참꽃이 제주의 상징이라 기재되어 있다. 참꽃은 일반적으로 영산홍이라는 이름으로 더 알려져 있다. 전국적으로 분포지가 제한되어있어 매우 귀한 식물이라 한다. 한라산 낙엽활엽수

림 지대에 분포되어 있다.

제주하면 일반적으로 떠올리는 나무는 팽나무, 편백나무, 구상나무, 감귤나무, 먼나무, 삼나무 등을 떠올린다. 하지만 제주의 상징은 녹나무이다. 녹나무는 사시사철 잎이 푸르며 5월에 꽃을 피우고 10월에 열매가 검게 익는다.

제주하면 생각나는 새는 무엇인가? 까마귀, 꿩, 박새, 딱따구리 등이 생각난다. 마침 제주를 대표하는 새는 제주큰오색딱따구리라 한다. 비록 개인적으로 제주에서 제일 많이 본 새는 까마귀이긴 하지만, 딱따구리 또한 깊은 산속에서 종종 본 적이 있기도 하다. 제주에 사는 새 종류만 해도 390여 종에 달한다고 한다.

그렇다면 제주를 대표하는 색은? 바로 파란색이라 한다. 물론 제주가 섬이라는 특성으로 4면이 모두 바다이긴 하지만, 제주의 바다색은 파란색이라는 한가지 단어로 규정 지어버리기에는 너무나 다양한 빛깔을 가지고 있고, 관광객들은 주로 에메랄드나 옥빛 바다에서 탄성을 쏟아낸다는 점에서 조금 의외이긴 하다.

물론 상징이라고 하는 것은 어떠한 지키고자 하는 가치에 중점을 두어 선정할 수도 있고, 좋은 의미를 투영하기 용이한 대상을 선정하기도 할 것이다. 그리고 나보다는 훨씬 전문성을 가지고 계신 분들이 선정했으리라 믿어 의심치 않는다.

하지만 상징이라는 것이 누군가가 정의한 대로 대중들의 머릿속에 새겨지지는 않는다. 오랜 기간에 걸쳐 많은 경험이 묻어있는 기억들이 쌓이고 쌓여 비로소 각자의 머릿속에 어느새 상징처럼 각인되는 것이다.

개인적으로는 한 번도 제주를 대표하는 꽃과 나무, 색깔을 떠올릴 때 참꽃과 녹나무, 파란색을 떠올린 적이 없어 좀 의아했다. 개인적인 경험의 깊이에 차이가 있을 수 밖에 없다. 그래도 일반적으로 현실에서 대중적으로 인식되는 대표성과는 좀 거리가 있어 보인다. 하나의 색으로 규정 짓기에는 고민스러울 만큼 다양한 색을 지닌 제주이긴 하지만, 일반적으로 제주도라 하면 흔히 감귤로 대표되는 주황색을 파란색보다는 더 많이 떠올리지 않을까.

제주에게 감귤이란

주황색 이야기가 나온 김에 감귤 이야기를 해보자. 제주도 이야기를 하는데 감귤을 다루지 않는다면 근현대 제주의 많은 부분을 생략하는 것이다. 제주의 많은 분이 감귤 농사를 통해 자식들을 키우고, 대학도 보내고 했다. 그래서 소위 '대학나무'라고도 불린 게 바로 감귤나무다. 직업이 다양하지 않은 제주에서 감귤 농사는 절대적인 비중을 차지하기도 했다. 근현대에 이르러 품종의 변화는 있지만, 제주 땅의 감귤의 역사는 사실 훨씬 오래전으로 거슬러 올라가야 한다.

단정하기는 어렵지만 '일본서기'에 기록된 상세국의 비시향과가 바로 제주의 감귤이라 하는 이야기가 있다. 이때의 배경이 서기 70년이다. 고려사에는 백제 문주왕 2년에 탐라(제주)에서 방물을 올린 기록이 있다. 이때가 서기 476년이다. 좀 더 명확한 기술은 '고려사 세가'에 문종 6년(서기 1052년)

에 "탐라에서 세공하는 귤자의 수량을 일백포로 개정 결정한다" 는 기록이 있다.

이후 고려 시대를 거쳐 조선 시대에 이르기까지 감귤은 중요한 진상품이었다. 감귤은 종묘에 제사 지내고 빈객을 접대함으로써 그 쓰임이 매우 중요했다. 조선 시대에는 공과원이라 하여 관에서 직접 귤나무를 심어 관리하였으나, 그 수량이나 품질에 한계가 있어 민가로부터 감귤을 강제로 징수하기도 했다. 일반 민가에 있는 귤나무를 일일이 조사하고 순시하며 관리하였다. 민가에서는 일부러 귤나무를 죽이는 일도 있을 정도로 진상을 위한 강요와 착취가 빈번했다고 한다.

탐라순력도에도 <감귤봉진>과 <귤림풍악>에서 감귤이 다루어진다. 탐라순력도는 1702년에서 1703년에 제주목사 이형상이 주도하고 화공 김남길이 그린 그림을 담았는데 조선시대의 제주 모습을 추적하는데 아주 중요한 자료 중 하나이다.

여기서 <감귤봉진>은 제주 귤의 진상을 위한 봉진 과정을 담았다. 봉진이라 함은 받들어 올리는 것을 의미한다. 목관아 망경루 앞에서 진상할 감귤과 귤피를 검사하고, 포장하는 모습을 확인할 수 있다. 매우 경건하고 엄격한 분위기가 그림에서도 느껴진다. 실제로 말과 귤이 진상에 문제가 있으면 직책을 내려놓을 수도 있기 때문에 당시 목사는 감귤을 봉진하는 과정에 신경을 많이 썼다고 한다.

<귤림풍악> 은 감귤진상을 마치고 목관아에서 베풀어진 잔치를 화폭에 담았다. 그림속의 장소는 목관아 내 북과원이며, 노란 귤은 금칠해서 왕에게 진상했던 귀한 과일임을 나타내고 있다. 당시 박스나 무게 단위로 관리하지 않

고, 십만 개가 넘는 과실을 하나하나 셈할 정도로 매우 귀중하게 다루었다고 한다.

이후 진상 제도가 없어지고 일본 강점기를 겪으며 조선 시대의 재래종은 점차 모습을 감추었다. 본격적으로 근현대에 이르러 제주에서 재배된 귤은 일본에서 넘어온 것이다. 1911년 한 프랑스 신부가 일본에서 온주밀감 15그루를 들여와 심은 것이 효시이지만, 당시에는 감귤 값이 좋지 못했고 제주 농민도 별로 관심이 없었다고 한다.

잠시 유채꽃 이야기에서 나왔던 우장춘 박사는 제주의 감귤 농사에도 큰 영향을 주었다. 1950년대에 감귤 생산에 적합한 지역을 찾고 있던 우장춘 박사는 제주 남부일대를 살펴보고 감귤 생산적지로 제주도를 선정, 연이어 신품종을 도입하고 선발하여 감귤 생산의 기반을 마련하였다. 일본에서 도입한 귤나무를 시험 재배하고, 품종을 개량하여 제주도가 감귤 생산지로 발돋움하는데 기여했다.

이후 감귤을 재배하려는 농가들도 늘어나고, 정부의 농어민 소득증대 특별사업 지원도 이어지면서 제주의 감귤 시장은 급격하게 성장했다. 우장춘 박사는 제주의 심벌인 유채꽃과 감귤에 있어 모두 큰 기여를 한 셈이다. 그가 제주에 남긴 기여도를 고려할 때, 막상 제주에는 그를 기억하기 위한 별다른 장치가 없는 상태인 점은 아쉬운 면이 있다.

이후 감귤은 파동도 겪고, 오렌지도 수입되면서 침체를 겪기도 했지만, 요즘은 많은 한라봉을 시작으로 천혜향, 레드향, 황금향 등 개량종들이 개발되어 점차 상품이 고급화되고 있다. 개인적으로는 재래종이 더 까먹기도 쉽고 크기도 부담이 없어 좋지만, 대중의 기호는 또 다른 모양이다.

요즘은 각종 음료나 타르트 등의 과자류 형태로도 가공되고, 심지어 건강식품이나 화장품까지 많은 상품이 개발, 판매되고 있다. 또한 매년 겨울에 귤피를 말리며 장관을 이루는 신천 목장은 관광객들의 많은 사랑을 받기도 한다.

감귤은 과거의 진상을 위한 재배였든, 현대의 경제활동을 위한 재배였든 간에, 아주 오래전부터 제주에서 제주 사람들과 떼려야 뗄 수 없는 관계를 맺어온 제주 역사의 증적이며, 여전히 현재 진행형임은 분명한 사실이다.

용천수와 생활사

제주 올레 코스는 섬 전체를 마치 띠로 한 바퀴 두른 듯 해안가를 따라 섬 둘레에 걸쳐 형성되어 있다. 멋진 절경은 중산간 지역에도 많지만 유독 올레길이 해안가에만 형성된 이유는 올레 코스를 조성하는 전제조건을 살펴보면 납득이 간다.

올레길 조성의 전제조건은 많은 항목이 있지만, 그중에 몇 가지만 살펴보자. 우선 최대한 있던 길을 활용하고 인공적으로 길을 만들지 말아야 한다는 조건, 토착 주민의 상점을 이용하도록 하여 코스 주변 주민의 경제적 이익을 증진하도록 설계해야 한다는 조건, 넓은 도로보다는 최소한의 통행을 전제로 하여 자동차 등으로 인한 통행에 방해를 받지 않아야 한다는 조건 등이 있다. 즉, 어느 정도 취락이 형성되어 있어야 가능한 이야기이다. '올레 '가 트래킹 코스의 대명사가 되긴 했지만, 본래 집 대문에서 마을 큰길까지 이어지는 좁은 골목을 의미한다. 마을이 있어야 골목이 있고, 또한 그 골목에서 삶이 이루어진다. 그리고 제주의 마을들은 주로 해안가에 있다. 그러다 보니 당연히 위에서 설명한 전제를 충족하려면 올레길은 해안가에 발달한 제주의 마을들을 관통하여 조성될 수밖에 없었다.

취락이 형성되기에 가장 중요한 요소 중 하나는 바로 물이다. 그리고 제주는 아시다시피 한라산을 중심으로 남북으로 그 경사가 급하고 천의 길이도 짧아서 물이 빠르게 바다로 흘러나간다. 또한 물의 투과율이 높은 화산 암반들이어서 물의 흡수가 빨라 하천이 발달하지 못했다. 따라서 비가 오지 않으면 제주의 하천 대부분은 물이 없는 건천 상태를 유지한다. 사면이 바다로 둘러싸여 있지만 정작 생활에 필요한 식수와 생활용수들은 매우 귀했던 곳이 제주이다.

제주는 지표수가 이렇게 귀한 반면, 지하수는 아주 풍부하다. 하지만 과거에는 지표면을 덮고 있는 화산암류들로 인해 오늘날의 시추 기술이 발달하기 전까지는 육지의 집들처럼 우물을 파고 지하수를 확보하는 게 거의 불가능했다.

그래서 제주에서 용천수가 가지는 의미는 각별하다. 용천수는 땅속을 흐르던 지하수가 암석이나 지층의 틈을 통해 지표면으로 솟아나는 것을 의미한다. 지하수가 들어 있는 대수층이 지표 밖으로 노출되어야 하는데, 땅의 흡수력이 높으니 고지대에서는 두꺼운 암반을 뚫고 물이 솟아나는 것이 거의 불가능하다. 용암은 한라산을 중심으로 남북으로 흘러내려 가고 지형이 낮은 골짜기를 따라 흐르기 때문에 지역 전체를 덮지 못한다. 용암류의 경계 부근은 풍화와 침식에 약하며, 용암이 저지대로 흘러내리며 냉각되면서 발생하는 수축 작용으로 균열과 절리가 발달한다. 그래서 용천수는 200m 이하의 저지대, 특히 해안 주변에 많이 분포한다.

해안가에 마을이 발달한 이유는 산물, 바로 용천수 때문이다. 산간지역에서는 물을 구하기 극도로 어려웠고, 하천은 항상 말라 있으니 결국 생활용수 확보를 위서는 용천수가 나오는 저지대와 해안가로 터전을 잡을 수밖에 없었다. 제주에 수도가 보급되기 시작한 것은 1970년대 이후이며, 1960년대 중반까지도 제주 가구의 55% 이상이 용천수, 우물, 봉천수 등에 의존하였으니 제주의 마을들이 해안가를 따라 형성되는 것은 아주 자연스러운 일이었다.

용천수가 풍부한 대표적인 하천인 산지천 주변으로는 취락이 일찍부터 발달하였다. 이곳에서 식수도 확보하고, 음식물도 씻고, 빨래도 하고 생활용수의 대부분을 해결할 수 있기 때문에 제주 원도심이 발달하였다.

제주의 모양을 보면 동서로 길고 완만하며, 남북으로 짧고 급한 경사를 가지고 있다. 그래서 남북지역으로는 지형의 변화가 커서 용천수가 잘 발달했으며, 동서로는 완만하고 길어 지형의 변화가 적었다. 그래서 용천수가 많이 발달하지 못했다. 제주도가 한라산 남북으로 마을이 발전할 수밖에 없었던 이유이다. 그리고 그 마을이 나중에 제주읍, 서귀읍이 되고 행정구역이 통합되면서 제주시, 서귀포시가 된다.

산물이 만들어낸 제주만의 문화들이 있다. 보통 집안에 우물이 없고, 물을 멀리서 운반해 와야 했기 때문에 '물허벅'이라는 작은 항아리가 발달했다. 먼 거리에서 자갈길, 비탈길 등 험한 길을 이동해야 했기 때문에 '물구덕'이라 하여 대나무로 바구니를 만들고 여기에 물허벅을 넣어 등에 지고 이동하였다. 집으로 와서 가져온 물을 저장하는 항아리는 '물항'이다.

용천수가 나오는 일대는 마을 주민들의 커뮤니케이션 장소이다. 단체로 빨래도 하고 채소도 씻으면서 서로 안부와 정보를 나누었다. 오늘날의 카페 같은 대화와 커뮤니티 장이 열리던 곳이 바로 용천수 일대였다.

상수도가 보급되기 전까지 제주에서는 물이 귀하다 보니 용천수 역시 허투루 쓰지 않았다. 물이 오염되지 않도록 주변에 돌담을 쌓고, 용천수가 흐르는 통로를 만들며, 구역을 나누어 사용하였다. 처음 깨끗한 물은 식수로 쓰고, 다음 구간에서는 음식 준비를 위해 채소를 씻는다. 그다음 구간은 빨래를 하거나 지역에 따라 목욕을 하는 곳을 만들어 두었다.

이런 용천수의 문화는 역사책 속의 옛날 옛적 이야기가 아니다. 바로 우리네 부모님 세대만 하더라도 용천수를 사용하며 유년기와 청년기를 보냈을 만큼 최근의 일이다. 용천수는 제주 사람들의 생활 터전이자 제주의 삶을 이해하는데 있어서 큰 비중을 차지한다.

지금도 이 용천수를 이용하시는 분들이 조금이지만 남아계신다. 지난달만 해도 용천수에서 채소를 씻어가시던 동네 할머니의 모습을 보기도 했다. 하지만 대부분의 경우 상수도가 발달하고, 개발이 가속화되면서 급속도로 용천수의 모습이 없어지거나 엉터리로 복원, 보완되어 원모습을 상실한 경우가 많은 것이 현실이다.

둘러보면 용천수에 대한 안내판은 많지만, 대부분의 사람은 관심 없이 지나친다. 보더라도 그냥 '물이 솟는 곳이구나' 정도이지 여기에 묻어있는 제주의 본 모습을 알아보는 사람은 많지 않다. 내 또래의 제주 출신들 조차 관심이 없는 이들은 용천수의 의미에 대해 모르는 이가 많다. 앞으로 용천수 앞을 지나갈 때 앞의 내용을 떠올린다면 더욱 풍성한 여행이 될 것이다.

제주 하늘길 이야기

코로나19 이전 기준이긴 하지만 매월 1백만 명 이상의 관광객이 제주를 찾는다. 성수기에는 한달 관광객이 1백40만 명에 육박한다. 코로나19 이전인 2019년 기준으로 연간 1천5백만 명이 넘는 관광객이 제주를 찾았다. 대한민국 인구를 생각하면 정말 어마어마하게 많은 이들이 제주를 찾는다. 해외방문객이 섞여 있는 통계임을 감안하더라도 조금 과장하면 3명 중 1명은 1년 이내에 제주에 다녀왔다는 이야기이다. 국내에 이토록 많은 이들이 찾아가는 지역이 또 있을까?

제주에 들어가는 보편적인 방법은 항공편과 배편 두 가지이다. 그리고 그 비율은 항공편이 85%를 상회하며 배편을 압도하고 있다. 그렇다면 제주에는 언제부터 비행기가 드나들었을까.

비행기로 제주로 향할 때 우리를 반갑게 맞이하는 제주공항의 시초는 일제 강점기인 1942년의 정뜨르 비행장이다. 과거 일본군은 현재의 제주공항 터를 군용비행장으로 만들기 위해 죄 없는 제주 사람들을 착취하며 노동 탄압을 일삼았다. 비행장은 해방 후 한동안 폐쇄되었다가 미군정에 인수되었으며, 서울/부산 등으로의 정기 노선이 생겼다가 6.25 전쟁으로 중단된다. 휴전 후 1955년 다시 정기 노선이 부활하였으며, 1956년 활주로를 포장하였다. 이후 1958년 정식 비행장으로 승격되어 '제주비행장'이 된다. 1968년에는 일본 오사카 노선이 생기면서 본격적인 국제공항의 시대를 맞는다.

1970년대는 제주도 신혼여행 붐이 불기 시작하였지만 비싼 항공료로 아무나 비행기로 제주를 드나드는 시절은 아니었다. 이후 활주로 신설 및 확장을 거듭하여 1980년대 초반에 현재의 메인활주로가 완성되면서 신혼여행의 인기는 더욱 높아졌지만, 1980년대 말부터는 해외로의 여행이 자유화되면서 신혼 여행객들의 선호대상은 제주도에서 해외로 바뀌기 시작한다.

1980년대만 해도 김포공항에서 제주행 노선을 보유한 유일한 국내 항공사는 K항공이었다. 연세가 있으신 분들은 기억하실 수도 있겠지만, 당시 항공사 마크가 지금의 태극무늬가 아니라 빨간 고니그림이던 시절이다. 이 시절 비행기 타고 제주 갈 때는 스튜어디스 누나가 고니 로고가 새겨진 사탕을 하나씩 주곤 했는데, 그게 그렇게 좋았던 기억이 난다. 어머니는 이보다 더 오래전 프로펠러 비행기를 타고 드나들던 시절의 이야기를 해주시곤 한다. 최근에 오픈한 프로펠러 노선을 말하는 것은 아니다.

이후부터는 많은 분이 기억하시듯 1988년 서울올림픽의 해에 A항공이 취항하면서 경쟁체계가 만들어진다. 또한 앞장에서도 얘기했듯이 2005년에서 2010년까지 여러 저가 항공사들이 출현하면서 2010년대 후반에는 결국 월 제주 방문객이 백만 명을 돌파한다.

세계에서 가장 운행 빈도가 높은 노선이 바로 김포와 제주 구간이다. 하루 평균 4만 8천 명이 김포-제주 구간을 이용한다. 2018년 기준이긴 하지만 2위인 시드니-멜버른 구간보다도 47% 나 높은 비율로 하늘을 오간다. 항공기가 운항하지 않는 심야시간대를 제외하면, 매 5~10분마다 김포-제주노선의 비행기가 이착륙한다. 어지간한 고속버스 터미널의 배차 시간보다 더 빽빽하게 비행기가 다닌다. 제주공항에는 이륙을 위해 비행기가 줄지어 기다리고 있다. 덕분에 출발/도착 지연이 비일비재하게 일어난다. 예전에는 비행시간을 50분으로 안내했는데, 이제는 이런 이유로 아예 1시간 10분이 걸린다고 안내방송이 수정되었다.

이 많은 방문객은 주로 렌트카를 타고 제주를 누빈다. 제주 시내의 트래픽잼은 이제 일상화되었고, 심할 때는 중산간 교차로에서조차 차가 막히는 경험도 한 적이 있다.

현재의 제주공항이 포화상태이기 때문에 제2공항 이슈가 시끄럽다. 비행기 노선이 세계에서 제일 많아도 표 구하기가 만만치 않은 실정이다 보니, 제2공항이 생기면 육지와 제주간의 이동이 좀 더 자유로워질 수는 있을 것이다. 도민들이 육지로의 이동성 면에서도, 경제적인 측면에서도 장점이 분명 있을 것이다.

하지만 지금도 사람이 온 제주에 바글바글하다. 더 많은 인원이 제주를 방문한다면 단순하게 숫자만 보면 초창기에 관광 수입은 증대될 수 있을 것 같지만, 결국엔 어디를 가나 몰려드는 인파로 인해 제주만의 매력을 잃을 수도 있다는 걱정이 들기도 한다. 이미 그 좋던 비자림 숲길도 이제는 줄 서서 앞

사람 뒤통수만 보며 걸어야 한다. 송악산과 사려니숲길도 마찬가지다. 여기에 공항이 확충되고 노선이 더 많아지면 걱정이 앞선다. 그리고 공항 건설을 위해 오름 몇 개를 잘라내야 한다면 더 슬픈 일이 될 것이다. 황금알을 낳는 거위의 배를 가른다는 것이 바로 이런 게 아닐까.

장점과 단점이 모두 존재하는 건이기 때문에 결론을 내기는 조심스럽다. 부디 투명한 절차를 거쳐 합리적으로 제주에 장기적으로 가장 좋은 결론이 도출되었으면 한다.

제주 포구 이야기

포구에 관해 관심을 가지게 된 것은 어느 날 우연히 보았던 옛 포구 사진 한 장이었다. 지금처럼 매끈한 시멘트가 발라진 포구가 아닌 검은 돌담이 겹겹이 쌓여있던 포구의 사진은 거친 야성을 뿜어내면서 치열했던 당시의 생활사를 대변하고 있었다.

나중에 알고 보니 그 사진을 찍었던 작가님은 내가 본 사진뿐 아니라 사라져가는 옛 제주의 모습을 오래전부터 담아두는 작업을 해오셨다. 포구, 해녀, 원도심의 변화 등 그의 작품들은 좀 더 제주인의 삶 가까이에 있었다. 가시리에 가면 옛 가시 초등학교가 폐교된 자리에서 그의 갤러리가 운영되고 있는데, 이곳에서 그의 사진작품들을 만날 수 있다.

지나가다가 포구에서 사진을 찍는 관광객을 심심치 않게 만날 수 있다. 하지만 그냥 그들의 동선에 바다가 있고 배가 정박한 모습이 예뻐서 사진을 찍는 것이지, 포구 하나하나가 제주 사람들에게 어떤 의미였는지 깊은 생각을 하는 이는 많지 않다.

지도를 펼쳐보면 서해나 남해의 올록볼록하게 변화무쌍한 해안선에 비해 제주의 그것은 무척이나 단조롭다. 바닷가에는 매서운 파도가 직접적으로 와서 부딪힌다. 조수간만의 차도 서해의 그것에 비해 크지 않다. 주어진 자연환경만으로는 배를 정박시키기 어렵다는 이야기이다. 제주는 거기에 사면이 바다로 둘러싸인 섬으로써의 한계로 인해 어떻게든 배를 이용하여 바다를 정복해나가야 했다. 다른 곳으로 가기 위해서도, 어업 활동을 통해 생계를 유지하기 위해서도 제주 사람들에 있어 바다는 이겨내야 할 대상이었다. 살기 위해서 말이다.

인생은 멀리서 보면 희극, 가까이서 보면 비극이라 했던가. 만약 제주로 온 어느 맑은 날, 제주의 포구에 고요하게 정박한 어선들과 햇살에 빛나며 반짝거리는 바닷물을 바라보고 있노라면 이보다 더 평화로울 수 있을까 싶을 것이다. 서울에서 볼 수 없던 어촌 풍경에 연신 셔터를 누르고 감상에 젖는다. 그게 잘못된 것은 아니지만, 비극까지는 아니더라도 포구가 만들어낸 장면 그 이면에는 제주 사람들의 치열함이 녹아있다.

제주에 있는 대부분의 포구는 사람들의 땀과 눈물, 노력이 담긴 산물이다. 지형적인 이점을 가진 월평포구 정도를 제외하고는 단조로운 해안선을 극복하며 대부분 손으로 한땀 한땀 일궈낸 포구들이다. 저마다 바다를 이겨내기 위해 거대한 돌을 지고 바다로 뛰어들었다. 바다에 돌담을 두어 방파제 역할을 하며 거친 파도의 물살을 막았고, 물을 가둬두어 배를 정박시키기 위함이었다.

돌은 검고 거칠어 상처가 나기 일쑤였고, 바다로 무거운 돌을 이고 들어가는 것은 위험하기도 했다. 제주인들은 돌을 나르고 또 나르고, 쌓고 또 쌓으면서 바다에 돌담을 쌓아 지형적인 한계를 극복해 나아갔다. 한땀 한땀 손으로 일구어낸 바다의 돌담, 그게 포구의 시작이다.

제주의 포구들이 육지의 항구들과 조금 다른 느낌을 주는 이유 중 하나는 그 규모가 아담한 것도 한몫을 한다. 제주에는 마을마다 작은 포구들이 있다. 그럴 수밖에 없는 것이 한땀 한땀 수작업으로 돌을 쌓아 만들다보니 그 규모에 한계가 있을 수밖에 없었다.

우리가 낭만을 느끼는 포구와 등대/도대불, 집어등 뒤에는 삶을 이어나가기 위해 치열하게 손으로 한땀 한땀 포구를 만들어내야 했던 과정이 있었고, 어둡고 으르렁거리는 파도 속에 출렁이는 밤바다에서 유일하게 의지할 수 있는 생명의 불빛이 있었으며, 밤바다의 조명 쇼 같은 집어등 뒤에는 어부들의 피부를 까맣게 타게 만드는 치열함이 숨어있다.

지금의 포구는 예전의 모습들과 많이 다르다. 이제는 옛 포구의 모습은 사진 속에서나 확인할 수 있다. 해안도로가 개발되면서 많은 포구들이 사라지거나 본래의 모양이 변질되었다. 그리고 남아있는 포구들도 콘크리트로 덮이면서 지금 제주의 포구들은 예전의 느낌과는 많이 다르다. 하지만 우리가 낭만적인 포구 사진들을 양산해내는 지금에도, 비록 바다에 목숨 걸고 거친 돌을 일일이 나르지 않아도 되는 지금에도, 치열하게 바다를 이겨내고 살아내는 현장이 그 이면에 있다는 사실은 여전히 현재 진행형이다.

이제는 볼 수 없는 장면

제주에는 과거에 마음껏 볼 수 있었던 경관들을 이제 더는 보지 못하거나 앞으로 못 보게 될 가능성이 있는 곳들이 적지 않다. 더 이상의 훼손을 막기 위해, 혹은 안전상의 문제로 출입금지 조치를 하는 곳이 있다. 혹은 사유지인데 그동안 개방하였다가 관광객으로 몸살을 앓고 나서 정책을 변경한 경우도 있다. 아니면 개발로 인해 훼손되거나 아예 소멸하여 볼 수 없는 곳도 있다.

더 이상의 훼손을 막기 위해 출입을 금지하는 경우는 영구적이거나 무기한 출입금지인 곳도 있고, 일종의 안식년 개념으로 자연 복원될 시간을 갖기 위해 휴지기를 가질 수도 있다.

어머니의 옛 사진첩을 열어보면 백록담 아래까지 내려가 직접 담수 바로 앞에서 찍은 사진들을 볼 수 있다. 인터넷만 찾아보더라도 수십 년 전 용두암

위에 사람들이 빼곡히 올라가서 찍은 흑백사진도 많다.

그리고 사진은 없지만 만장굴 미공개구간도 아주 오래전엔 자유롭게 다닌 듯하다. 어머니는 지금은 미공개 되어있는 구간을 더 들어가면 층이 이층으로 갈라지기도 하고, 하늘로 구멍이 나서 빛이 들어오는 곳도 있었다고 말씀하셨는데, 가끔 미공개구간 탐방 관련한 뉴스나 기록들을 보면 그 형태가 어머니의 기억과 정확하게 일치한다.

나 역시 어릴 적만 해도 영실을 통해 남벽 탐방로로 한라산 정상까지 갈 수 있었지만 1994년부터 붕괴위험과 환경 훼손 등을 이유로 영구적으로 폐쇄된 상태이다. 초등학교(국민학교) 시절 아버지와 영실로 한라산을 올랐는데 악천후로 정상 직전에서 되돌아 하산한 적이 있다. 하지만 이후에 남벽 탐방로가 폐쇄되면서 결국 아버지와의 등반은 미완성상태로 남아있었다. 아버지와의 한라산 등반은 훗날 성인이 되어서야 성판악 코스로 대체 만족할 수밖에 없었다.

우리가 몇 년 전까지만 해도 자유롭게 올랐던 송악산의 정상부는 훼손이 심각하여 휴지기를 위해 출입이 제한되고 있다. 얼마 전 정상의 일부 구간만 우선 개방한 상태인데, 제한이 풀렸다고 해도 걱정스럽긴 하다. 송악산 주변은 정말 천지가 개벽할 수준으로 번화하게 변화하였기 때문이다. 이십여 년 전만 해도 과거 쓰러져가는 구멍가게 하나 외에는 사람 한 명 만나기 힘들었던 송악산이 이제는 대형 커피 브랜드들이 입점하고, 넓은 주차장과 함께 둘레길을 줄지어서 걸어 다니는 풍경은 아직도 적응이 잘 되지 않는다. 이 상태에서 정상부 개방이 완전 재개될 경우 얼마나 많은 이들이 분화구를 보러 몰릴 것인지 벌써 걱정이 앞선다.

휴지기를 갖는 오름이 송악산만 있는 것은 아니다. 사람들에게 널리 알려진 오름들은 모두 홍역을 치루는 듯하다. 용눈이 오름이 그렇고 백약이 오름이 그렇다. 두 군데 모두 오름들 중에서 가장 유명한 곳들이다. 사람들이 딱히 쓰레기를 버리고 하지 않더라도 많은 인원이 동시에 땅을 밟고 무게를 가하는 것 자체가 조금씩 오름을 훼손하는 과정이라고 한다.

갯깍 주상절리 역시 낙석위험으로 출입이 금지되었다. 조용하던 이곳은 언제부터인가 SNS에서 동굴에서 바깥을 바라보며 역광으로 구도를 잡는 장면이 유행하면서 사람이 엄청나게 몰리기도 했던 곳이다. 그러면서 안전 이슈가 더욱 부각되기도 했다.

김녕사굴도 마찬가지다. 내 경우 어릴 적에 가볼 기회가 있었음에도 그러지 못했던 것이 아직도 한으로 남는다. 2020년 높은 경쟁률을 자랑했던 세계유산축전에 만장굴 미공개구간과 김녕굴을 탐방하는 프로그램에 뽑혀서 한참을 설렜는데 하필 내가 탐방하는 날 태풍이 와서 그날 프로그램이 취소되어버렸다. 다른 날 탐방하는 프로그램은 정상 진행되었다. 운이 없어도 이렇게 없을 수가. 결론은 볼 수 있을 때 무조건 봐두어야 한다는 것이다. 어렸을 때 봐두었으면 아쉬울 일이 없었을 것이다. 게다가 2021년에도 서류심사와 면접을 통과하고 높은 경쟁률을 이겨냈지만 코로나19 시국이 악화되면서 또다시 기회가 무산되었다.

안전을 위한 출입금지는 이 외에도 많이 있다. 전면 출입금지는 아니고 일부 구역이 출입금지 된 곳들도 있다. 예전엔 자유롭게 드나들던 곳들이다. 소정방폭포 바닷가 일대, 그리고 SNS에서 뜨겁던 월라봉 절벽위 유반석 옆 등이다. 안전을 위한 조치이니 용감함으로 포장된 객기를 부리는 이들이 없으면 한다.

강정천 위로 냇길이소라고 숨은 명소가 있었다. 맑은 물과 작은 폭포가 일품인 곳인데, 상수원 보호구역으로 몇 년 전부터 출입이 금지되었다. 하지만 인터넷을 보면 여름날 호우로 펜스나 문이 유실되어 이때를 기회 삼아 최근에도 출입했다고 자랑스럽게 사진을 인터넷에 올려둔 사람도 있더라. 이런 사람들 때문에 출입이 금지된 것이다. 그는 이것이 창피한 일인 줄은 알까. 아니면 남들 다 출입금지여서 안가고 있는데, 자기는 몰래 들어간 것이 어깨가 으쓱해서 글을 올린 것일까?

사유지였는데 그동안 개방하였다가 몰지각한 관광객들로 몸살을 앓은 이후 출입이 금지되는 경우도 있다. 모 방송프로그램과 SNS로 인기를 끌던 궷물오름의 목초지도 관광객의 몸살 속에 그동안 허용하던 출입을 금지한 경우이다. 박수기정 절벽 위의 올레길도 사유지 민원으로 최근 코스가 변경되었다. 포토 스팟으로 핫하던 진곶내 역시 사유지와 안전 문제로 출입이 금지된 사례이다. 심지어 이곳을 가기 위해 지나가야 했던 사유지는 개방한 적도 없다. 딱히 금지할 이유가 그동안 없었을 뿐이다. 요즘 웨딩사진을 제주에서 찍는 경우가 많은데, 많은 사유지들이 이들로 인해 몸살을 앓고 있다고 한다. 목장 울타리를 마음대로 넘어서 사진을 찍고 쓰레기들을 버리고 하는 일이 비일비재하다고 하니 참 한숨이 나온다.

반면 개발로 인해서 완전히 소멸하는 경우도 있다. 해안도로의 개발로 없어지거나 변형된 포구들이 있다. 몽돌해변으로 유명한 알작지 또한 최근 개발로 훼손이 심각하다. 한동안 뉴스를 떠들썩하게 했던 강정해군기지로 인해 구럼비 해안과 바위도 그 범주에 포함된다. 온갖 리조트나 관광 시설들의 개발로 곶자왈 지대가 줄어들고 있는 것 또한 위험신호이다. 섭지코지는 어떠한가. 섭지코지는 난개발로 인해 완전히 야성을 잃어버렸다.

인간 개발의 욕심은 끝이 없나 보다. 몇 년 전 한림 비양도까지 케이블카를 개설한다고 해서 난리가 난 적이 있었다. 그리고 송악산에 리조트를 건설한다고 해서 있는 힘을 다해 반대 운동을 한 기억도 난다. 갑론을박이 한창인 제2공항 또한 우리가 알고 있는 풍경을 상당 부문 기억 속으로만 남기게 할 것이다.

지구 온난화로 인한 변화도 있다. 이젠 용머리 해안의 해수면이 많이 올라와서 밀물 때면 들어가지도 못한다. 물이 많이 올라오다 보니 관람 동선에 인위적으로 다리를 만들기도 했다. 해수면이 더욱 상승한다면 다음 세대에서는 용머리 해안을 감상하기 위해서는 배를 타야만 할지도 모른다. 훗날 기후 변화가 얼마나 가속화될지 정확하게 알 수는 없지만, 해산물이나 농작물에게도 변화를 줄 것이고, 이는 제주의 풍경과 생활상에도 변화를 가져올 것이다.

나중에 아쉬워할 일이 없어지려면, 갈 수 있는 곳은 미루지 말고 지금 가자. 그리고 오래오래 그 경관을 함께하려면 제발 통제에 잘 따르자. 출입금지하면 들어가지 말고, 남의 땅 몰래 드나들지 말고, 쓰레기 버리지 말고 이런 기본적인 것들만 지켜줘도 많은 부분을 오랫동안 함께 할 수 있을 것이다.

제4장
옛 것을 통한 인사이트

말은 나면 제주로 보내고

한국마사회에서 운영하는 목장인 '렛츠런팜'은 계절마다 형형색색의 꽃밭들이 아름다워 많은 이들이 SNS 사진을 위해 찾는 곳이다. 이곳에서 운영하는 트랙터 마차를 타고 드넓은 목장을 한 바퀴 둘러보면 말에도 신분에 따른 빈부격차가 있는 것인지 생각이 들곤 한다. 똑같은 제주에서도 어떤 말은 온종일 여행객들을 태우고 매일같이 지겹도록 똑같은 코스를 왕복하며 노동하는 말이 있는 반면, 이곳의 말처럼 한 마리, 한 마리가 각자의 광활한 초원을 배정받고 한가로이 거닐고 있는 모습은 참으로 대조적이다. 전자는 일은 말이 하는데 주인이 돈을 벌고, 후자는 주인이 돈을 쓰면서 이들을 길러낸다. 렛츠런팜 제주의 말들은 종마 중에서도 족보 있는 종마들로 그야말로 귀족 대접을 받는다. '말은 낳으면 제주로 보내라'는 말은 현재에도 유효한 것인가.

제주가 말로 유명한 것은 어제오늘 일이 아니라, 굉장히 오랜 역사를 가지고 있다. 1200년대에 몽골이 설치했던 탐라목장 때부터, 조선 시대의 10소장까지 제주가 말을 길러낸 역사는 유구하다.

쿠빌라이 칸은 1276년 제주지역에 직접 탐라목장을 설치했다. 그들이 일본으로 정벌을 나가는데 있어 제주는 좋은 위치였고, 넓은 자연 초지대가 발달해 있었으며 기후도 온화했기 때문에 목장을 운영하기 좋다고 판단했을 것이다.

이후 조선 시대에는 한라산을 중심으로 해발 200~400m에 이르는 지대에 국영 목장이 설치, 운영되었다. 이 목장들은 구좌읍의 1소장을 시작으로 시계 반대방향으로 10개의 목장이 고리를 이루고 있었다. 제주목에는 1소장부터 6소장까지 6개의 소장이 운영되었고, 대정현은 7소장과 8소장, 정의현에는 9소장과 10소장이 위치했다.

중산간에 위치한 둘레길을 조금 걸어보신 분들은 '상잣성', '하잣성' 이라는 말이 낯설지 않을 것이다. '하잣성' 은 15세기 초반부터 축조되었는데 말들이 농경지로 내려와 농작물을 해치는 것을 막기 위해 쌓은 돌담이다. '상잣성' 은 반대로 말이 너무 위로 올라가 산속 깊이 들어가서 길을 잃거나 동사하는 사고를 막기 위해 쌓은 돌담으로 18세기 후반에 축조되었다. 요즘에는 이 상잣성길, 하잣성길을 따라 트레킹이 이루어지곤 한다.

하잣성과 상잣성은 제주 중산간에 설치되었던 국영목마장의 실체를 입증하는 역사유적으로 그 중요성이 크다. 조선 시대 목축과 관련된 잣성은 우리나라에서 제주도에만 남아있기 때문이다.

10소장 위로는 산마장이라고 하여 높은 지대에서 연중 방목하여 민첩한

군마를 길러내는 데 적합하였으며, 가시리 따라비오름과 큰사슴이오름, 물영아리오름 일대가 바로 녹산장이다.

해마다 유채꽃축제가 열리는 가시리 유채꽃프라자와 조랑말체험공원 일대를 둘러보거나 따라비오름을 오를 때면 '갑마장길', '쫄븐갑마장길' 등 '갑마장' 이라는 단어를 접할 수 있는데, 이 '갑마장'이 바로 '녹산장' 내에 설치되어 최고 품질의 상등마를 집중적으로 관리했던 곳이다. '갑마장'의 '갑(甲)'은 최고등급을 의미한다.

한동안 회사나 계약서에서만 사용하던 '갑'이라는 말은 다시 일상생활에서 활발하게 사용되고 있는데, 그 계기가 재미있다. 예전에 한 야구팬이 응원을 위해 한 레전드 선수의 별칭인 '○○ 신' 이라 적은 피켓이 화면에 잡혔다. 하지만 피켓에는 신(神)을 신(申)으로 잘못 표기되었고, 이를 한 커뮤니티에서 비웃었는데, 비웃는 사람조차 신(申)을 갑(甲)으로 잘못 읽으면서 갑(甲)이라는 용어가 나름 의미가 일맥상통하여 인터넷에서 대유행을 했다. 이 때문에 어이없게도 갑마장을 볼 때마다 그 선수가 생각나는 건 어찌할는지.

조선 시대에 목자라고 불린 이들을 제주 사투리로 '테우리'로 불렀다. 그리고 이는 '모으다'라는 뜻을 가진 중세 몽골어 'Teuri' 에서 유래했다는 의견이 있다. 몽골의 지배를 받으며 탐라목장을 운영했던 역사가 있었기 때문에 꽤 타당하게 느껴진다. 90년대 초반 '말테우리' 라는 노래가 히트를 친 적이 있었는데 성인이 되어서야 그 의미를 알게 되었다.

제주의 테우리는 자기 말 뿐 아니라 동네 사람들의 말들도 대신 돌봐주는 일을 했다. 업무적인 관계로 양인의 신분임에도 천민취급을 받았다. 60세까지 평생 일을 하면서 대가로 땅을 받기도 했고, 말을 팔아 풍족하게 살았던 시절도 있었다. 하지만 세종 때부터 말 거래가 금지되고, 산마장과 10소장이 설치되면서는 진상할 말을 키워내야 했는데 말테우리 4명이 매년 85마리를 생산해야 했다고 한다. 좋은 말은 모두 진상하거나 수탈해갔으며, 질병이라도 걸려 말이 죽거나 도둑이라도 맞으면 처자식을 팔아서라도 변상을 해야 했다.

관광객들은 제주에서 운전하다가 가끔씩 목장에서 한가로이 거니는 말을 보며, 제주에 왔음을 실감한다. 말은 제주를 상징하는 동물이 되었다. 하지만 겉으로 보이지 않는 그 이면에는 양면이 존재한다. 예로부터 말은 제주에서 밭을 가는 등 밭농사에 큰 도움을 주는 고마운 존재이기도 했지만, 한편으로는 진상을 위해 귤과 마찬가지로 제주사람을 착취하는 대상이 되기도 하였다.

1목 2현제와 현대의 행정구역

구도심을 걷다 보면 목관아, 관덕정, 제주향교 등을 지나가거나 이에 대해 들어볼 기회가 많았을 것이다. 이는 모두 제주삼읍이라 불리는 제주목, 대정현, 정의현으로 구성된 1목 2현제와 관계가 있는 유적들이다.

1목 2현제의 중심인 제주목은 한라산을 경계로 산북, 즉 지금의 제주시와 북제주군이며 읍치는 삼도동 일대에 있었다. 정 3품의 목사, 그리고 이 목사를 보좌하는 종5품의 판관이 파견되었다. 여기서 목사란 특정 종교의 목사가 아니라 제주 '목'의 사를 뜻한다.

대정현은 한라산을 경계로 산남의 서편, 즉 지금의 남제주군 대정읍, 안덕면, 서귀포시 서쪽에 해당하며 읍치는 대정읍 안성리/인성리/보성리 일대이다. 정의현은 한라산을 경계로 산남의 동편에 위치했다. 즉 남제주군 성산읍/표선면/남원읍/서귀포시 동쪽에 해당하며 읍치는 표선면 성읍리에 있었다.

그리고 이 두개의 현에는 종6품의 현감이 각각 자리했다.

참고로 각 성터 중에서는 성읍민속마을, 즉 정의현의 성터가 가장 잘 보존되어 있으며, 대정현의 경우는 일부 성벽이 남아있다. 제주 목의 성벽은 일제강점기에 제주항을 개발할 때 모두 바다를 메꾸는 데 사용되어 지금은 아주 적은 구간에서만 그 모습을 확인할 수 있다. 서귀포에 가면 '칠십리 시 공원'이 있다. 서귀포, 특히 서귀포항 일대를 이를 때 쓰는 말인데 이는 바로 정의현 읍성까지의 거리가 칠십(70) 리기 때문에 유래된 것이다.

제주를 제주목과 대정현, 정의현으로 분할한 1목 2현제는 조선 태종 16년인 1416년에 정립된 이후, 1609년 즉 광해군 1년에 좀 더 세분화되었다. 제주목과 정의현에 각각 좌면/중면/우면을 두고, 대정현에는 우면과 좌면을 두었다. 제주목의 좌면은 신좌면과 구좌면으로 나뉜다. 우면도 신우면, 구우면으로 나뉜다.

2개의 현, 즉 정의현과 대정현은 1864년에 군으로 승격했다가 다시 1880년에 현으로 환원되기도 했다. 1895년에는 8도 체제가 폐지되면서 23부제가 시행되어 잠시동안 제주부가 되었다. 행정구역은 1896년 다시 13도로 개정되는데 이때 전라남도의 제주목으로 편성되었으며 제주군, 정의군, 대정군을 포함하였다. 1896년에 부가 군으로 개편되어 제주군, 정의군, 대정군 체계로 변화하였으며, 1906년에는 목사가 폐지되었다.

이토록 크고 작은 변화는 있었으나, 제주/정의/대정으로 나눈 3분할 방식은 최종적으로 조선 시대를 관통하여 일제강점기인 1914년 제주군으로 통폐합될 때까지 계속 유지되었다. 1915년에는 군제가 폐지되고 도제가 실시되며 2군 1읍 12면의 시대를 맞으며. 근/현대 행정구역의 역사는 시작되었다. 불과 106년 전의 일로 굉장히 오래전 이야기 같지만, 겨우 두세대 정도 위의 일이기에 막연하게 먼 과거도 아니다.

이후 제주도는 1946년 전라남도에서 분리되어 남제주군과 북제주군으로 양분되었다. 제주목에 해당하던 지역이 북제주군, 대정현과 정의현에 해당하는 부분이 남제주군이 되었다.

1955년에 제주읍이 제주시로 승격되었으며, 1981년에는 서귀읍과 중문면이 통합되면서 서귀포시로 승격되었다. 서귀포로 승격된 이후에도 한동안 서귀포의 어르신들은 제주시에 갈 일이 있을 때 “시에 넘어간다”라고 표현하셨는데, 이는 제주시의 승격이 26년 앞서있었기 때문에 그때의 습관이 남아있었기 때문이다.

요즘 다시 행정구역이 조정되어야 한다는 이야기가 나오는 걸 보면 역사는 돌고 돈다는 말이 생각난다. 이런 변화의 반복이 나쁘다는 말은 아니고, 시대의 흐름에 따라 환경과 제약사항이 달라지고, 요구되는 모습이 달라지기 때문이라 충분히 있을 수 있는 일이라 생각한다. 하지만 조선 시대부터 산남과 산북의 경계는 변함이 없다는 점은 특이하다. 극복할 수 없는 지리적인 특성 때문일까. 그리고 또 하나 변하지 않는 것은 제주시와 원도심은 항상 제주 역사의 중심에 자리해왔다는 점이다.

3성 9진 25봉수 38연대

제주는 사면이 바다로 둘러싸여 있고 일본과 중국의 길목에 위치하고 있어서 지리적으로 중요한 거점의 가치가 있었다. 그래서 운명적으로 외세의 침입으로부터 자유롭지 못했으며, 침입을 막기 위한 방어시설 또한 발달하게 되었다.

보통 조선 시대 제주의 방어체계를 일컬을 때 '3성 9진 25봉수 38연대'를 이야기한다. 다만 봉수나 연대의 개수는 시기별로 증감이 있어 차이가 있었음은 참작하기 바란다.

3성은 앞서 이야기한 1목 2현의 읍성이다. 즉 제주목의 제주읍성, 정의현의 정의읍성, 대정현의 대정읍성을 말한다.

제주성은 1105년 탐라 군이 설치되면서 축성되었다고 하는데, 이미 존재하고 있던 탐라국 시대의 성곽을 활용하였다 하니 그 뿌리는 더욱더 오래되었을 것이다. 처음엔 병문천과 산지천 사이에 구축되었으나 1555년 을묘왜변 이후 성의 보안성 강화와 생활용수 확보를 위해 1565년 산지천을 성안으로 들이고 동쪽으로 성터를 더 확장했다.

제주성은 이후에도 몇 차례 보수작업을 통해 불과 백여 년 전만 해도 성곽이 온전하게 유지되고 있었다. 그러나, 일제강점기 때 읍성 철폐령으로 인해 1914년부터 훼철되기 시작했으며, 일제는 1925년부터 1928년 사이에 제주항을 개발한다는 명목으로 제주성의 골재를 모두 바다를 매립하는 데 사용하는 만행을 저질렀다. 이로 인해 제주성의 거의 모든 성곽이 소멸하였다. 일제가 제주에 남긴 상처는 지독할 정도로 제주 전역 구석구석에 남아있는데 제주성 역시 일제의 폭압에 직격을 맞은 것이다.

정의현성은 최초 1416년 성산읍 고성리에 축성되었다. 그러나 제주 동남쪽을 관할한 데 비해 너무 동쪽으로 치우친 위치가 문제가 되어 축성 7년 만에 지금의 성읍 민속마을이 위치한 곳으로 옮기게 된다. 정의현성과 민속 마을은 3개의 읍성 중에서 가장 옛 모습을 잘 간직하고 있는 곳이기도 하다.

대정현성은 1418년 처음 축조되었다. 북쪽 성체가 전체적으로 형태를 갖추고 있지만, 남문, 동문, 서문은 터만 남아있다. 하지만 항공사진을 보면 마을의 형태가 전체적인 성곽의 형태가 그려질 만큼 그 형태가 여전히 남아있다. 다만 지상에서는 일부 담벼락으로 쓰이거나 수풀이 무성하고 사유지를 통과하여 제대로 확인은 어렵다. 내부의 관청건물은 안타깝게도 남아있지 않다. 복원된 북문의 존재도 논란이 있다.

9진은 제주목의 화북진, 조천진, 별방진, 애월진, 명월진과 정의현의 수산진, 서귀진, 그리고 대정현의 모슬진과 차귀진 등 9개의 진성을 일컫는다. 진성은 차귀진과 수산진을 제외하고는 모두 바다와 근접한 곳에 위치하고 있다.

9개의 진성 가운데 가장 규모가 큰 곳은 명월진성과 별방진성이다. 명월진성은 한림읍 동명리에 위치하고 있다. 1510년에 목성으로 최초 축조되었다가 1592년 돌로 다시 바꿔 쌓았다. 별방진성은 구좌읍 하도리 해안가에 위치한 진성으로 최근에는 SNS에서 별방진에서 찍은 사진들이 많은 인기를 끌기도 해서 예전보다는 좀 더 일반 대중들에게 친숙할 것이다. 두 곳 모두 성곽의 일부가 복원되거나 보존상태가 양호해서 지금도 그 모습을 잘 확인할 수 있다.

성산읍 수산리에 위치한 수산진성은 수산초등학교의 담장으로 사용되고 있지만, 보존상태가 좋다. 애월진성은 많이 소실되었지만 애월초등학교의 담장과 유치원 쪽에서 그 모습의 일부 확인이 가능하다. 하지만 여전히 성벽 앞에 폐기물이나 쓰레기가 쌓여있는 등 유적 보호와는 거리가 먼 관리 실태였다.

반면 서귀진성이나 차귀진성, 모슬진성은 대부분 허물어져 과거의 모습을 찾아보기 어렵다. 서귀진성의 경우 최근 그 터를 복원하였으나, 경계선 정도만 표현되었고 제대로 성벽을 복원하지는 않았다. 조천진성은 모슬진성과 함께 가장 규모가 작은 진성중 하나인데, 성곽의 둘레가 128m에 불과할 만큼 아담하다. 연북정이 복원되었으나 계단의 위치에 대한 고증이 이루어지지 않아 성곽 밖으로 만들어놓은 점이 지적을 받기도 했다.

봉수와 연대는 진성과 연계하여 감시 및 방어체계를 구축한다. 바다 멀리서 접근하는 적의 배는 봉수에서 감시하고, 해안선에 근접하는 적군의 동향을 연대에서 정확히 파악하여 진성에 전달한다. 이에 진성에서는 수집된 정보들을 바탕으로 방어가 필요한 지점에 병력을 배치한다.

이는 25봉수와 38연대의 위치와도 관련이 있다. 봉수는 대부분 오름 정상 등 높은 지대에 설치되었다. OO봉이라고 불리는 오름, 혹은 '망'이라는 글씨가 들어간 오름은 봉수가 있었던 곳일 확률이 높다.

봉수는 대부분 흙을 쌓아 올려 만들었다. 흙을 둥글게 쌓아 올려 그 위에 봉덕시설을 만들고, 아래로 내호와 외호를 두어 이중으로 둑을 축조하였다. 석축된 연대와 달리 봉수는 흙으로 쌓았기 때문인지 현재는 그 모습이 거의 남아있지 않다. 간혹 연대같이 석축을 쌓아 복원한 봉수가 있는데 이는 고증이 철저하지 않은 탓이다.

이에 반해 연대는 대부분 좀 더 해안가에 설치되었다. 고지대에 설치된 봉수에서는 시야가 넓지만 자세한 디테일은 확인하기 어렵고, 해안가의 연대에서는 시야가 봉수에 비해 좁지만 보다 상세하게 적의 움직임을 살필 수 있다. 통신은 오거법을 이용하였다고는 하나 제주에 봉화소를 5개씩 설치된 곳은 단 한곳도 없다. 따라서 불이나 연기를 올리는 횟수로 통신을 해야 했는데, 불을 올리는 횟수가 많아질수록 이것이 몇 번 째 불인지 혼동도 있었던 듯하다. 불의 횟수가 많을수록 위급사항이었고, 낮에는 연기로 밤에는 불로써 통신하였다. 제주의 연대는 석축으로 오늘날에도 많이 보존되거나 복원되어 그 모습을 상당수 확인할 수 있다.

하지만 과거에는 지금처럼 연대만 덩그라니 있지는 않았고 현재보다 넓은 범위에 방호벽이 둘러져있고, 내부에 막사나 창고 같은 시설도 있었다. 단순히 통신 기능만 수행한 것이 아니라 별장 6명과 봉군 12명을 통해 자체방어와 지역주민에게 위험을 알리는 정보기능도 함께 수행했다고 한다.

환해장성

잠시 학창시절 국사수업 시간으로 기억을 거슬러 올라가 보자. 삼별초라는 단어는 익히 들어보았을 것이다. 하지만 주관식 문제의 단골 답변으로 '삼별초' 가 많이 나왔던 것은 기억하지만, 정확하게 삼별초가 무엇인지, 역사적으로 어떤 의미를 가졌는지 또렷하게 기억하는 사람은 많지 않다. 시험과 동시에 머리가 깨끗해지는 암기 위주 주입식 교육의 폐해이다. 어린 학창 시절에 지금처럼 자율적으로 항파두리성과 환해장성에 대해 배워두거나 살펴볼 기회가 있었다면 나의 학창 시절 국사 시험성적이 그렇게 처참하지는 않았을 것이라는 생각이 들었다.

제주가 백 년이 넘는 오랜 기간 동안 몽골의 지배를 받았다는 사실 또한 아는 이가 많지 않다. 시험에 잘 나오지 않았기 때문이다. 최근 항파두리 항몽 유적지를 찾는 이들이 많아졌다. 다만 삼별초의 마지막 저항지였던 이곳의 역사를 알기 위해 오는 이들보다는 계절마다 펼쳐지는 꽃밭을 배경으로 사진이나 화보를 찍으러 나들이 오는 분들이 더 많아보이는 점은 조금 아쉽기는 하다.

삼별초와 관련된 유적은 항파두리성도 있지만, 환해장성 또한 삼별초와 관련된 유적이다. 제주에서 바닷가 쪽으로 돌담이 길게 늘어져 있는 경우를 볼 수 있는데, 이것이 바로 환해장성이다.

삼별초가 진도에 머무르던 고려 원종 11년(1270) 시절, 고려 정부는 삼별초의 제주 진입을 막기 위해 제주도민을 동원해 해안에 성을 쌓기 시작한다. 하지만 이후 삼별초가 제주를 점령한 이후 삼별초 역시 고려와 몽골의 공격을 방어하기 위해 성을 쌓고 이용하였다. 삼별초가 제주를 공격할 것을 대비하여 만든 환해장성이지만, 오히려 거꾸로 삼별초가 려몽 연합군을 막기 위해 증, 개축하기도 한 역사의 아이러니가 바로 환해장성에 얽혀있다.

삼별초에 대해서는 역사적 해석이 갈린다. 민족 구성원의 자발적이고 주체적인 의지를 보였다는 평가도 있고, 국가경영에 도움이 되지 않고 실익이 없었다는 평가도 있다. 사실 역사라는 것이 복잡한 상황 전개가 얽혀있기 때문에 단순하게 흑백으로 나뉘지는 않는다. 외교도 마찬가지다. 고려군이 몽골과 연합하여 고려인들인 삼별초와 싸우는 상황도 얼핏 보면 참으로 이상한 장면이다.

하지만 원종은 원종대로 고려의 생사를 위해 고민한 선택이었고, 삼별초는 삼별초 나름대로 우리를 지키고자 한 행동이었을 것이다. 지키고자 하는 본질은 비슷했지만, 입장과 전략에서는 큰 차이로 나타났다. 원종이나 삼별초나 서로는 이해가 가지 않았을 것이다. 하지만 자리가 사람을 만든다고 서로의 역할이 달랐다면 또 판단이 달라졌을 것이다.

환해장성은 제주도 둘레의 절반 이상에 달하도록 제주 둘레를 둘러싸고 있었다. 절벽이나 포구, 백사장 등을 제외한 나머지 해안가에는 거의 모두 환해장성을 쌓았다고 한다. 삼별초가 사라진 이후에도 왜구의 침입 등에 대비하여 조선 말기까지 지속해서 정비되기도 했다.

지금은 신산, 온평, 별도, 조천, 애월 등의 지역에 환해장성이 남아있다. 그 중에서도 애월과 조천 환해장성의 내벽 폭은 다른 환해장성의 폭보다 두껍다. 그만큼 견고하게 축성했고 전략적으로 중요했다. 애월포구는 삼별초의 본거지인 항파두리로 가는 길목이었고, 조천포구 또한 가장 제주로의 진·출입이 활발하던 포구였기 때문이다. 온평리의 일부 구간에서는 복원된 환해장성과 원래의 환해장성을 비교할 수 있기도 하다.

북촌리에서는 불과 몇 년 전 어느 펜션 업자에 의해 환해장성 일부가 훼손되는 일이 발생하기도 했다. 상업적인 조망권을 위해서였을 것인데, 아마 환해장성의 가치를 모르고 그랬을 것이다. 답답하고 화나는 상황이긴 하지만, 그가 정말 환해장성의 의미를 알고도 그랬다면 참으로 슬픈 일이다. 이 사건이 요즘 시대에 발생했으니 놀라운 일이지만, 사실 그 이전에도 이미 비슷한 이유와 방법으로 무수하게 많은 유적이 훼손되어왔다. 우리가 역사를 공부해야 하는 이유이다. 무지에서 나오는 행위라고 면죄부가 주어져서는 안 된다.

돌하르방

예전에 제주 관광지를 다닐 때마다 구석구석 서 있던 돌하르방의 모습을 모두 기억할 것이다. 툭 불거져 나온 눈과 뭉툭한 코, 그리고 두툼한 손을 가지고 있는 이 석상은 구멍이 송송 뚫린 제주의 현무암으로 만들어졌다. 돌하르방은 육지에서는 유사한 예를 찾아보기 힘든 제주만의 독특한 상징이었다.

돌하르방이라는 이름으로 불리운 것은 비교적 최근의 일이며, 1971년 문화재 이름으로 채택된 이후 급속도로 확산되었다. 오래전에는 우석목, 무석목, 벅수머리, 옹중석 등으로 불렸다고 한다.

제주의 대표적인 심벌인 돌하르방은 본래 제주의 삼읍성인 제주성, 정의성, 대정성의 성문 입구에 세워져있던 석상이다. 삼읍성은 북문이 없으니 동문/서문/남문에 세워져있었다. 돌하르방은 이렇게 각 성의 문 앞에서 성을 지키는 수호신적 기능을 담당한 것으로 보인다.

제주성은 문마다 8기의 돌하르방이 있었고, 정의현성, 대정현성은 문마다 4기의 돌하르방이 있었다. 즉 제주성 24기(3문에 각 8기씩), 정의현성 12기

(3문에 각 4기씩), 대정현성 12기(3문에 각 4기씩) 이렇게 총 48기가 있었다. 다만 제주성의 경우는 북수구에도 4기가 있었다 하여 52기라고 말씀하시는 분도 계시고, 어떤 기록에는 47기라고 되어있는 부분도 있을 만큼 여러 이야기가 있다. 통상적으로 많이 이야기되는 본래 진품의 숫자는 48기이며, 1기는 분실 혹은 멸실된 것으로 추정된다.

제주의 돌하르방에 대한 인식이 사람들 사이에 올바르게 자리매김한 지는 그리 오래되지 않았다. 아니 아직도 미진한 부분이 많다. 많은 분이 돌하르방에 관해 이야기하는 내용은 돌하르방 코를 만지면 아들을 난다더라 정도의 소재거리 혹은 관광기념품 정도에 지나지 않는 경우가 많다.

제주 어디서나 볼 수 있었기에 그동안 우리가 돌하르방의 가치를 알아보지 못한 건 아닌가 싶기도 하다. 다행스럽게도 최근에는 돌하르방의 의미와 가치를 되새겨 천대받고 방치되던 돌하르방의 본 위치와 위상을 찾아주려는 움직임들이 있고, 실행에 옮겨진 부분도 있다.

제주의 돌하르방은 읍성별로 크기와 모양에 많은 차이를 보인다. 우리가 흔하게 알고 있는 돌하르방의 모습은 제주성의 돌하르방이다. 많은 모조품이 제주성의 돌하르방을 본떠서 세워져 있고, 대부분의 기념품이나 캐릭터들도 제주목의 돌하르방 형상을 하고 있기 때문에 우리에게 익숙하다. 반면 정의현과 대정현의 돌하르방의 모습은 일반적으로 생소할 수 있다.

제주성의 돌하르방은 평균 신장이 187cm에 달하여 3개 읍성의 돌하르방 중에서 제일 그 크기가 크고, 눈도 손도 모두 큼직한 것이 위용이 있는 모습이다. 정의성의 돌하르방은 평균 141cm의 크기로 초등학교 고학년 정도의 키 높이를 갖고 있다. 눈매나 표정이 무뚝뚝하고 퉁명스러운 느낌이 있다. 대정의 돌하르방은 3개 읍성 중 가장 작은 편으로 평균 134cm에 불과하여 초등학교 저학년 정도의 키 높이에 마감이 조금 거친 느낌이 있고, 앞서 제주목 돌하르방의 위용이나 정의현의 퉁명스러움은 없고, 포근하고 편한 느낌이며 심지어 귀여움이 느껴지기도 한다.

1702년의 모습을 담은 탐라순력도에는 각 읍성의 성문이 명확하게 그려져 있지만, 돌하르방은 확인되지 않는다. 탐라지에는 1754년 목사 김몽규가 옹중석을 성문 밖에 설치한 기록이 있는데, 이것이 바로 돌하르방으로 추정된다. 다만 1416년 3읍으로 편제된 이후 읍성과 성문은 오래전부터 있었는데 1700년대에 와서야 돌하르방이 세워졌다고 보는게 타당하냐는 의견도 있다.

어쨌든 돌하르방의 본래 위치는 각 성의 3문 앞에 있었는데, 불과 얼마 전까지만 해도 있어야할 제 위치에 있지 못했다. 심지어 민가 도로변이나 골목 돌담 옆, 초등학교 귀퉁이 등에 방치되고 있었다. 하지만 뜻있는 분들이 힘을 모아 돌하르방의 제자리를 찾고자 큰 노력을 해주셨고, 그분들의 헌신 덕분에 대정읍성의 돌하르방들은 어느정도 제자리를 찾았다.

하지만 아직도 제주목의 많은 돌하르방들이 제 위치를 찾지 못하고 삼성혈, 방송국, 관덕정 등에 흩어져있다. 심지어 서울에 올라온 돌하르방도 있다. 일제강점기에 제주성이 흔적도 없이 파괴되고, 그 경계가 오래전에 무너져서 돌아갈 곳이 남아있지 않아서일까. 그동안 가장 푸대접을 받던 돌하르방은 대정현의 돌하르방들이었지만, 그나마 이들은 최근 어느 정도 자리를 찾은 반면 제주목의 돌하르방은 여전히 푸대접을 받고 있다.

특히 제주시청의 돌하르방은 주차장에서 온종일 주차된 차량과 눈싸움을 하고, 내뿜는 매연을 온몸으로 맞아야 하는 처지이다. 다른 곳은 몰라도 적어도 시청에서는 돌하르방의 가치와 위상에 맞는 관리를 기대해본다.

제주의 향교

유교는 공자와 맹자를 중심으로 한 인륜 사상이다. 그리고 향교는 이 유교에 근간을 둔 지방의 교육기관이자 공자를 기리는 기관이다. 즉, 공자의 신위를 모신 대성전을 중심으로 유생들에게 경전을 교육하는 명륜당을 포함한 학교가 바로 향교이다. '향(鄕)'은 서울을 제외한 지방 행정구역을 뜻하기 때문에 지방에 있는 학교라고 정의할 수 있다. 중앙에는 국립대학교 성격의 성균관이 있었고, 성균관을 축소하여 지방에 설치한 것이라고 보아도 일반적인 이해에 큰 무리는 없을 것이다.

학창 시절 유교가 학문인지, 종교인 것인지 항상 혼란스러웠다. 공자와 맹자 이야기를 할 땐 분명히 학문 같았는데, 과거의 숭유억불 정책을 보면 불교의 대척점에 있다. 학창 시절에는 아무런 이해도 하지 못한 채 그냥 외우라고 해서 외웠다. 늘 당구 큐를 학생들에게 휘두르고 다니던 모 중학교의 K교사는 국사 시간에 항상 공포 분위기를 조성하며 암기를 강요했다. 조금만 더 인과관계를 설명해주면 좋았을 텐데 무조건 시험에 나오는 답 위주로 외우기만 했다. 내가 사극 드라마에 흥미를 느끼지 못했던 이유는 바로 좋은 국사 선생님을 만나지 못해서였을 것이다.

마흔을 넘어 오십을 향해 달려가는 나이가 되고, 제주를 너무나 사랑하게 되다보니 오랜 유적들도 살펴보고, 이런저런 것들에 대해 알아보게 되었다. 그렇게 과거로 거슬러 올라가다 보니 이제야 역사가 조금씩 보이기 시작했다. 제주를 사랑하기 전에는 유적 같은 건 잘 쳐다보지도 않았다. 지루했었으니까. 하지만 지금은 오래된 것들이 너무나 흥미롭게 다가온다. 물론 누군가에게 가르침을 줄 만큼 알지는 못한다. 나도 스스로 조금씩 공부해가는 과정이다. 이 책은 그래서 논문이나 학술자료가 아니다. 제주와 사랑에 빠지기 시작했지만, 아직은 좀 더 알아가고 싶은 것들이 많은 나 같은 이들과 함께 알아가고 공감하기 위한 에세이일 뿐이다.

이야기가 많이 샜는데, 공자의 사상은 종래의 '신' 중심의 사고에서 '인간' 중심의 사고로 의식을 전환했다는 것에 의미가 있다. 그래서 공자는 '예(禮)'를 통해 올바른 태도를 이야기하고, 의(義)를 통해 올바른 가치판단을 이야기하였으며, 인(仁)을 통해 인간의 보편적 본질로 존재하는 사랑을 강조하였다. 즉, 인간에 내재한 본성을 올바르게 구현하면 인간의 올바른 삶을 구현할 수 있을 뿐 아니라, 궁극적으로는 종교적 체득의 세계까지도 이를 수 있다고 보았다. 이것이 내가 어릴 적 유교가 학문인지 종교인지 헷갈렸던 이유였다. 이걸 모르고 암기만 강요받던 수업을 들었으니 그 당시엔 이해가 될 턱이 없었다.

일제강점기에 전국에는 335개소의 향교가 있었으나, 지금은 234개소의 향교가 남아있다. 그리고 제주에는 1목 2현에 각각 제주향교, 정의향교, 대정향교 이렇게 3개의 향교가 있었고 지금도 그 모습이 남아있다.

제주향교는 1392년 태조 때 창건된 제주지역 최초의 공식 교육기관으로 1827년 지금의 제주중학교 부지로 이전하였다. 이후 1965년 화재로 소실되어 1970년 다시 지금의 자리로 옮겨 현재의 자리에 다시 지었다. 현재 제주향교는 제주중학교와 담장 하나를 사이에 두고 바로 옆에 위치하고 있으며, 현재 현존하는 건물은 대성전, 명륜당, 계성사, 좌우 협문 등이 있다.

오늘날의 국립교육기관과 과거의 국립교육기관이 담장을 하나로 같이 마주하는 것을 보노라면 느낌이 참 묘하다. 이것은 애틋함도 아니고 짠한 마음도 아닌데, 글재주가 없다 보니 참으로 설명하기 어렵다.

대성문은 평소에 가운데 문은 닫혀있고, 좌우의 작은 문만 개방되어있다. 이는 가운데 문은 신이 다니는 경로이기 때문에 평소에는 닫혀있는 것이고, 사람은 동입서출(東入西出)이라 하여, 사람이 들어가는 문은 동쪽, 사람이 나오는 문은 서쪽에 두었다.

대성문 한쪽에는 '大小人下馬碑(대소인하마비)'라고 새겨진 비석이 있다. 성현의 위패를 모신 대성전을 지날 때는 계급의 높고 낮음을 막론하고 누구든지 말에서 내리라는 뜻이다. 즉, 나를 낮추고 겸손하며 성인들에 대한 존경의 마음을 표하라는 의도이다. 대성문의 입문과 출문이 좁고 낮은 것도 같은 이유이다.

제주향교에는 계성사가 남아있는데, 조선의 계성사는 중국의 5성(공자, 안자, 증자, 맹자, 자사)의 아버지를 모시기 위한 사당이다. 1739년 영조가 향교마다 계성사를 세울 것을 명하여 경주, 평양, 개성, 전주 등에 건설되었다. 제주의 경우는 유생들의 여러 차례 요구에도 들어주지 않다가 목인배 목사 시절에 뒤늦게 창건되었으며, 대한민국에서 계성사의 원형이 남아있는 곳은 전주와 제주도 뿐이라고 한다.

명륜당 옆으로 계성사의 삼문으로 향하기 전에는 '행단'이라고 하는 팔각정이 있다. 공자가 제자에게 학문을 가르쳤던 곳이 은행나무 아래였기 때문에 공자의 유학을 가르치는 많은 학교들이 은행나무를 심어 행단을 마련한 것인데 일대 경치가 빼어나다.

제주향교 대성전에는 5성(五聖), 송조 6현(宋朝六賢), 우리나라 18현(十八賢)의 위패를 봉안하고 있다. 18현에는 우리에게도 널리 알려진 설총, 최치원, 정몽주, 이황, 이이, 송준길, 송시열 등이 포함되어 있다. 대성전 언덕에는 1985년 유림들의 찬조금으로 공부자의 동주성상(공자 동상)이 세워져 있기도 하는데, 우리나라 최초의 공자 동상이라 한다.

정의향교는 1408년 지금의 서홍동 즈음인 홍로현에 처음 세워졌다가 세종 2년인 1420년에 고성리로 옮겨갔다. 최초에는 정의현 읍성이 고성리에 있었기 때문이다. 1423년 성읍으로 읍성이 옮겨지면서 정의향교 역시 현재의 성읍리인 진사리 서성 밖에 건립되었다가 1849년에야 오늘날의 위치로 옮겨왔다. 방문을 위해서는 성읍민속마을로 가서 정의현성 서문에서 진입하는 것이 제일 가까우며, 서문을 지날 때면 앞장에서 이야기한 돌하르방도 만날 수 있다.

정의현성 서문으로 들어가면 왼편에 바로 정의향교 〈서협문〉 이 위치하고 있고, 조금 더 걸어가서 왼편으로 끼고 돌아가면 정의향교의 〈대성문〉을 볼 수 있다. 〈대성문〉은 외삼문이라고도 불리 우는데, 〈내삼문〉처럼 문이 3개가 나있다. 이유는 제주향교에서 이야기 한 것과 마찬가지이며, 이런 양식은 향교 뿐 아니라 종묘, 문묘, 서원 등에서도 볼 수 있다.

바닥을 보면 가운데 문으로 향하는 길이 보이는데, 이는 '신로'라고 하여 신이 지나다니는 길을 의미하며 따라서 본래는 사람이 밟으면 안 된다 한다. 정의향교에 들어서면 〈동재〉 와 〈서재〉 가 좌우로 마주하고 있는데, 유생들의 기숙사 역할을 하던 곳으로 동재는 1997년에서야 복원되었다.

정의향교의 대성전은 모두 5성 22현의 위패가 봉안되어 있다. 5성은 공자/인자/증자/자사/맹자를 일컫고, 22현은 송조 4현 (주돈이/정호/정이/주희)에 동국(우리나라) 18현을 더한 것이다. 그리고 매년 음력 2월과 8월 상정일에 석전제를 행한다. 참고로 상정일이라 함은 '십간(갑을병정무기경신임계)'이 한 달에 3번 돌아오는데, 첫 번째 '정' 일을 '상정(上丁)' 일이라 한다.

정의향교는 제주향교와 대정향교에 비해 그 규모가 작고 아담하다. 대성전 양 옆으로는 전향문과 퇴출문이 있으며, 이 퇴출문을 통하면 바로 명륜당이 위치하고 있다. 명륜당은 일종의 학교교실과 같은 역할을 하는 강당인데, 다른 향교와 달리 〈대성전〉과 나란히 위치하고 있는 것이 이곳 정의향교만의 특징이다. 기둥아래에 현무암 계열의 초석이 깔린 것도 육지의 향교에서는 볼 수 없는 양식이라 한다.

대정향교는 안덕면 사계리에 위치하고 있다. 현재의 대정읍, 안덕면, 그리고 대천동, 예래동, 중문동 등의 일대가 과거에는 모두 대정현(縣)이었기 때문에 주소지가 대정이 아닌 안덕이라고 해서 이상할 것은 없다. 방문 시에는 동쪽의 동정문 바깥으로 주차장이 크게 있으니 참고하기 바란다. 다만 대성문은 서편에 있으니 참고하기 바란다.

향교는 지방관청의 관할 아래에 두어 목에는 90명, 도호부에는 70명, 군에는 50명, 현에는 30명의 학생을 수용하였다 한다. 대정향교는 대정현 소속으로 30명 정도의 학생을 수용하였다고 추정할 수 있겠다.

제주 대정향교는 1408년부터 시작되었다고 하는데, 현이 설치된 때는 1416년이라서 전후관계가 좀 궁금하긴 하다. 1420년부터 시작하였다는 자료도 있다. 심지어 대정향교 현장에 세워진 두 개의 안내판도 서로 설명이 제각각이다. 이런 부분은 좀 많이 아쉬운 부분이다.

대정향교 동재의 북쪽에 있는 소나무가 바로 추사의 명화 <세한도>의 모델이었다는 설도 있다. 또한 대정향교는 대정현 북성 내에서 동문 밖으로, 다시 서성 안으로 옮겼다가 1653년에 현재의 위치로 자리를 잡았는데 그 위치가 기가 막히다. 단산과 산방산이 절경을 이루고 있고, 2킬로미터도 안가서 사계해안이 자리 잡고 있다. 실제로 방문해보면 향교에서 바라보는 단산과 산방산의 존재감이 묵직하여 제주의 다른 향교들과는 다른 느낌을 자아낸다.

제주의 대성전은 다른 지방의 그것과 좀 차이가 있는데 정면에서 바라볼 때 다른 지방의 대성전이 3칸 규모라면 대성전은 5칸 규모이다. 이는 주로 대도시의 향교에서나 볼 수 있던 규모인데, 제주목의 향교 뿐 아니라 제주의 3개 향교가 모두 5칸 규모라는 것은 특이하다. 정치적 배경이 있던 유배인들의 조력과 관련된 결과물이라는 이야기도 있다. 대성전의 격을 높여야 할 이유가 무엇이었는지 궁금하다.

향교에서는 선현의 위패를 모시고 제를 지냈다. 이 부분이 종교와의 대척

점일 수도 있겠다. 일반적으로 제사를 지내는 집에서는 제사를 치를 때 이를 고인을 추모하는 방식이라 생각하지, 종교적인 행위로 의식하지 않는다. 하지만 종교에 따라서는 제사 지내는 행위 자체를 멀리하기도 한다. 제사는 고인에게 예와 의을 갖추는 유교의 학문적 배경에 근거를 두기도 하지만, 또 향교에서는 신이 다니는 문도 따로 나있고 하니, 종교적으로 해석될 여지도 있을 수 있겠다 싶다.

향교의 본질은 역시 교육이다. 지방 관학의 중심인 항교는 지방의 유능한 인재를 양성하는데 중요한 역할을 하였다. 서원은 오늘날 사립학교, 향교는 국/공립학교 정도로 생각하면 이해가 쉬울 것이다. 향교는 국가에서 설립한 교육기관으로 교관은 보통 중앙에서 파견되었다. 조선중기 이후 관학이 쇠퇴하면서 지역 유생들이 교관을 맡기도 했다. 유교와 한문, 역사, 문집 등을 가르쳤다. 1894년 갑오개혁 때 과거제가 폐지된 이후부터 학문적인 기능은 소멸하였다.

향교는 또한 지방민을 교화하고 국가 례를 확립하고, 지배질서를 정당화하는 역할도 하였다. 석전 등의 행사를 통해 지역의 명망가들이 참여했기에 지방의 난제에 대해 자연스럽게 논의가 이루어지고, 바로 해소가 되기도 했으며, 민심을 전달하는 창구가 되기도 했기에 그 의미를 찾을 수 있다.

돌담 이야기

제주는 모든 게 돌이다. 성도 돌이고, 집도 돌이고, 포구도 돌이다. 나무도 돌 위에서 자란다. 멋진 자연경관에는 모두 돌이 포함되어 있다. 심지어 돌을 주제로 한 박물관까지 있다. 가히 돌의 왕국이라 할 수 있다.

제주는 화산활동에 의해 생겨났기 때문에 섬 자체가 돌로 뒤덮여있다. 제주의 많은 특징이 이 지질적인 특성으로 인해 유래하였다. 제주에서 돌은 극복해야 할 대상이자, 이를 얼마나 유용하게 사용하는가 하는 문제가 생존과 바로 직결되었다.

제주에는 바람 또한 많았다. 그래서 농사를 짓기 위해서는 돌과 바람 모두와 맞서야 했다. 밭농사를 위해 돌무더기를 헤쳐 쌓아두면서 돌담을 만들었다. 돌담은 밭과 밭 사이의 경계를 뚜렷하게 만드는 역할도 하고, 마소의 침입도 막아준다. 하지만 더 놀라운 것은 바로 이 돌담이 바람으로부터 밭을 보호하는 데도 기여한다는 것이다. 밭담은 일반적으로 홑겹으로 쌓는다. 그리고 이렇게 쌓인 돌담은 돌과 돌 사이에 틈이 생기기 마련이며, 이 돌과 돌 사이의 틈을 이용하여 바람을 쪼갠다. 이런 돌과 돌 사이의 틈은 직접적으로 밭에 타격을 입히는 것도 방지할 뿐 아니라 돌담 자체도 거센 바람에 쓰러지지 않고 버틸 수 있는 힘이 된다.

잘 모르는 이들은 돌담 그까짓 거 대충 돌 가져다가 무게중심 대충 맞춰서 쌓으면 되는 것 아니냐고 폄하할지도 모른다. 하지만 돌담을 쌓는데도 기술이 있다. 밭의 경계를 짓는 외담은 바람의 특성을 이해한 후에 쌓아야 한다. 돌담을 다 쌓은 후 한쪽에서 흔들 때 돌 전체가 흔들거려야 제대로 쌓은 것이라고 한다. 이래야 바람이 불어도 유연해서 무너지지 않는다고 하니 조상들의 지혜에 감탄할 뿐이다.

돌담도 따지고 보면 그 종류가 매우 다양하다. 경계를 표시하기 위한 울담, 밭담, 산담, 축담, 올렛담 등이 있다. 초가집의 외벽은 축담, 집 울타리는 울담이다. 돗통시, 즉 흔히 똥돼지라고 불렀던 제주의 변소 간과 돼지를 기르는 공간 또한 돌담으로 분리되어 있다. 마을에서 집으로 들어가는 골목길 통로는 구불구불한 곡선으로 이루어진 올렛담 인데 이 또한 바람을 분산시켜 약하게 하기 위함이라 한다. 밭과 밭 사이의 경계를 나타내는 밭담은 이미 서두에 많이 설명하였다. 산담은 무덤 주위에 쌓은 담이다. 경계를 위해서이기도 하지만 마소의 침입을 막기도 한다. 또한 망자의 영혼을 생각하여 망자에게 집 울타리를 쌓아주는 뜻도 있다.

신당과 방사탑, 포제단 등 신앙의 대상으로써의 돌담도 있다. 신당은 토속 신앙이 왕성했던 제주에서 주민들과 밀접한 관계를 맺어온 곳이다. 마을마다 중심에 자리 잡은 팽나무 아래에는 돌을 쌓아 마을 사람들의 만남의 광장 역할을 하였다. 방사탑은 돌담이라 하긴 조금 거리가 있지만, 이 또한 돌로 쌓아올린 것은 마찬가지이다. 역시 마을의 안녕을 기원하기 위해 쌓은 것이다.

원담, 잣성, 샘, 포구 등 생활수단으로서의 돌담도 있다. 원담은 바닷가에 돌담을 길게 쌓아놓고 밀물 때 들어온 고기가 썰물에 빠져나갈 때 돌담에 걸려 가두기 위한 담이다. "멜 들엇져" 하는 말에 모두 하던 일을 멈추고 바다로 달려 나가는 이야기가 바로 원담에 관한 이야기이다.

잣성은 제주 중산간 일대의 목장과 관련이 있는데, 하잣성은 마을로 마소가 넘어와 피해를 주는 것을 방지하기 위함이고, 상잣성은 마소가 깊은 산 속으로 들어가 길을 잃는 것을 방지하기 위함이다. 용천수인 산물 주변에도 돌을 쌓아 경계를 짓고, 물의 용도에 따라 돌을 쌓아 올려 층을 구분하였다.

포구 또한 마찬가지인데 제주는 해안선이 단조로워 배를 댈 곳이 적당하지 않다. 이런 자연환경을 극복하기 위해 바다에 돌담을 쌓아 파도를 막고 배를 정박할 수 있는 시설을 만든 것이 바로 포구이다.

읍성과 현성, 진성, 환해장성 등의 방어시설로서의 돌담도 있다. 제주성, 대정현성, 정의현성과 9개의 진성, 그리고 제주 전역 바다를 둘러 세워진 환해장성 모두 돌로 쌓은 성들이다.

이쯤 하면 제주와 돌담의 관계는 정말 생활 구석구석에 영향이 없는 곳이 없을 정도일 만큼 제주인에게 돌과 돌담은 큰 의미를 갖는다. 그동안 그 의미를 잘 알지 못한채 방치되었던 제주의 많은 유적들에 대해 연구와 보존을 위한 노력들이 최근 몇 년간 많이 이루어지고 있다. 하지만 돌담에 대해서는 너무 주변에서 쉽게 볼 수 있어서인지 그런 움직임이 잘 느껴지지 않는다.

돌담이나 성곽을 쌓는 이를 석수, 그 위를 석장이라 하였다. 안타깝게도 돌담 장인들은 모두 고령화되고 일이 고되어 배우려는 사람이 없다고 한다. 요즘 제주를 둘러보면 전통적 돌담과 이질감이 느껴지는 돌담이 많이 생겼다. 돌담에 대한 이해 없이 막연하게 돌만 쌓았기 때문에 제주다움도 없다. 이대로 시간이 많이 흐르면 우리가 제주에서 느끼던 돌담의 아름다움과 의미가 점점 퇴색되고 사라져갈지도 모른다는 걱정이 든다.

제5장
원도심 이야기

제주성

서울의 종로가 그랬던 것처럼 제주의 역사는 제주 원도심을 중심으로 흘러왔다. 제주목을 거쳐 북제주군이 제주시가 되고, 육지로 배와 비행기가 오가며, 모든 상업발달의 중심이 되어오던 곳이 바로 제주 원도심이다. 그리고 그 중심에 천년의 세월동안 제주성이 있었다.

제주성의 기원은 숙종 10년(1105)으로 거슬러 올라간다. 탐라군이 설치되던 초기 대촌현을 본읍으로 삼고 성을 쌓았다고 한다. 태종 11년(1411)에 제주성을 수축한 기록이 있기 때문에 이미 고려 때부터 축성한 것으로 보는 것이 타당하다.

본래 제주성의 경계는 산지천 서쪽을 따라 구축되었다. 병문천과 서문천을 자연 해자로 삼고, 천과 천 사이에 자리 잡았다. 이후 명종 10년(1555)에 을묘왜변을 겪었는데, 이때 왜구가 제주읍성을 포위하고 높은 곳에서 제주읍성을 내려다보며 공격을 해왔듯이 지리적인 보안 결함을 노출하였다. 실제로 건입동 동초등학교 쪽 지대가 더 높기 때문에 산지천 서쪽 건너편 제주성 내부를 쉽게 들여다볼 수 있었다. 또한 성안에 물이 없어 백성들의 생활이 불편하고 전쟁시 불리함을 안겨주었기에 명종 20년(1565)에 동쪽 성곽을 확장하여 산지천을 성 안으로 품게 되었다. 산지천 동쪽으로 하얀색 실선으로 표기한 부분 근처로 확장이후 성곽이 있었던 곳으로 추정할 수 있다.

제주성은 불과 백여 년 전만 해도 성곽이 유지되고 있었으나, 일제강점기 때 읍성 철폐령으로 인해 1914년부터 훼철되기 시작했다. 1925년에서 1928년에 이르기까지 제주항을 개발하면서 제주성의 골재를 모두 바다를 매립하는 데 사용하는 일제의 만행 아래, 거의 모든 성곽이 소멸되었다. 일제강점기에 제주가 받은 상처는 제주 전역에 지독할 정도로 구석구석 그 흔적이 남아있다. 제주성 역시 피해갈 수 없었다. 이후 제주성 성벽이 일부 복원되었지만 여장은 복원되지 않아 아쉬움이 있다. 오현로 동쪽의 아주 짧은 구간은 원형 그대로의 성벽이라 한다.

요즘 야시장으로 인기를 끌고 있는 동문시장의 동문은 바로 제주성의 동문을 말하는 것이다. 또한 지역 어르신들은 아직도 동문통, 서문통, 남문통이라는 표현을 사용하시곤 하는데, 바로 제주성의 동문, 서문, 남문으로 통하는 길이나 그쪽 지역 일대를 일컬을 때 저런 표현을 사용하신다. 통(通)이라 함은 일본식으로 도로를 일컫는 말이다. 슬프지만 언어에도 일제의 잔재가 남아있다.

원도심에는 과거 조선 시대 뿐 아니라 근, 현대사의 흔적이 많이 남아있다. 하지만 제주 원도심의 많은 역사의 흔적들이 매우 빠른 속도로 개발에 밀려 없어지기도 했다. 지금부터라도 원도심과 옛 흔적을 기록하고 보존하는 데 소홀함이 없어야 하겠다. 그리고 제주를 찾는 분들도 제주 원도심을 알아가는 데 있어 제주성에 대한 이해가 있다면 좀 더 도움이 될 것이다.

관덕정, 제주 광장의 역사

관덕정만큼 제주의 역사를 한자리에서 오랫동안 지켜봐 온 건물이 또 있을까? 관덕정의 역사가 곧 제주의 역사이며, 숱하게 많은 격동의 시기가 관덕정과 함께 흘러왔다. 심지어 제주성과 목 관아가 모두 역사 속으로 사라졌을 때도 그 자리를 지켜온 것이 바로 관덕정이다.

관덕정은 최초에 군사훈련과 무예 수련을 목적으로 지어진 곳으로, 첫 출발은 세종 40년인 1448년이며, 이는 57대 제주목사 신숙청 때의 일이다. 관덕정은 지금으로부터 자그마치 570여 년 전에 지어진 유적이자 제주에서 가장 오래된 목조건물이며, 보물 제322호로 지정된 소중한 유산이다.

유교에 '사자소이관성덕야(射者所以觀盛德也)'라는 말이 있다. 활을 쏘는 것은 높고 훌륭한 덕을 쌓는 것이라는 말이다. 관덕정의 이름은 바로 여기서 따온 이름이다. 탐라순력도의 〈제주전최〉는 제주 목사가 관하 각 관리의 치적을 심사하는 모습을 담았는데 관덕정의 모습이 잘 나타난다. 오늘날의 복원된 목 관아와 함께 그림을 비교해보면 재미있다.

관덕정이 1448년 처음 만들어질 때는 3칸의 건물이었으며, 여러 차례 중수와 개축을 거쳐 17세기 전후에는 정면 5칸, 옆면 4칸의 단층 팔작지붕 양식을 이루었다. 처마가 길고 높이가 낮은 제주건축의 특징을 그대로 담고 있었다. 하지만 이를 1924년 보수 때 일제는 처마를 2척 이상이나 잘라 버리고 벽체를 두르는 등 한동안 원형이 많이 훼손된 채로 유지되었다. 안타깝게도 이 처마는 1969년 중수 때도 복원되지 않았으며, 다행히 2003년부터 2006년까지 진행된 11차 중수 때에 이르러서야 다시 현재의 모습처럼 본래의 처마 길이를 복원하였다.

현대의 역사는 광장과 함께 기록되어 왔다. 서울에서는 과거의 여의도광장, 그리고 지금의 광화문 광장 등이 대표적이다. 광장에서 행사가 개최되기도 하고, 평소에는 시민들의 휴식공간이 되기도 하지만, 많은 근현대사의 장면들이 광장을 중심으로 나오곤 했다.

그리고 제주에도 예로부터 이런 역할을 해온 곳이 있는데 바로 관덕정이다. 즉, 관덕정 앞에서 이루어진 역사가 바로 제주의 근/현대사라고 표현해도 과히 틀린 말은 아닐 것이다.

인조반정 이후 실각한 광해군이 제주에서 사망하자 당시 제주 목사였던 이시방은 광해군이 시신을 염습하여 관덕정에서 안치하기도 했다. 1901년 이재수가 천주교인 300여 명을 처형한 '이재수의 난' 또한 관덕정 광장이 무대이다. '이재수의 난', '제주교난', '제주민란', '신축교안' 등 복합적인 성격을 가졌으며, 상황과 입장에 따른 해석도 여전히 다양한 사건이다.

오래 전부터 관덕정 앞 광장은 평소에는 마당놀이와 굿을 열며 도민들이 문화행사를 즐기기도 하던 곳이지만, 제주의 주요 행사나 집회, 그리고 역사적 사건들이 이곳에 얽혀있다.

제주에서 일어난 가장 끔찍한 사건 중 하나인 4.3사건의 발단 또한 관덕정 앞에서 시작되었다. 1947년에 3.1절 기념식을 마치고 빠져나오던 군중에 대한 경찰의 발포로 6명의 사망자와 8명의 부상자가 발생하여 4.3의 도화선이 되었던 3.1절 발포사건이 이곳 관덕정 앞에서 있던 일이다.

또한 1949년에는 4.3사건 당시 제주 남로당 소속 유격대 대장이었던 이덕구의 시신이 며칠이나 내걸려있던 곳이기도 하다. 1961년에는 4.19 1주년 기념식이 열리기도 했다. 이토록 제주 관덕정은 제주 영욕의 시대를 모두 지켜본 제주의 근·현대사 그 자체라 할 수 있다.

이후 1977년에는 관덕로가 확장되고 이후 도로와 관덕정 앞 공간이 계단으로 분리되면서 광장이라고 하는 형태가 많이 변화되어 예전과 같은 광장으로써의 기능을 하기에는 한계가 보인다.

과거에는 관덕정 앞이 크게 트여있어서 광장으로써의 역할을 하기에 충분했지만, 지금은 관덕정 옆으로 도로가 확장되고, 관덕정 앞이 계단으로 층지게 마감되면서 광장의 기능이 많이 상실되었다. 현재는 도로에 차량 통제를 한다 하더라도 도로와 관덕정 앞 공간의 높낮이 단차가 크기 때문에 광장의 기능을 하기엔 무리가 있다. 자동차 중심의 길이 되어버린 것이다.

그래서인지 지금은 행사나 집회의 중심이 제주시청 앞으로 이동한 감이 있지만, 이곳 역시 비좁기는 마찬가지이다. 앞으로 제주의 광장의 역사는 어떻게 전개되어 나갈지도 지속적으로 관심이 가는 부분이다.

산지천

제주에 많은 하천이 있지만, 그중에서도 산지천은 제주인들의 삶의 흔적들이 구석구석 묻어있는 곳으로 제주 원도심의 역사 그 자체이다. 산지천은 제주성 초기에 천연의 해자로 이용되기도 했다. 이후 성내 식수와 생활용수를 확보하기 위해 제주성은 1565년 동쪽 성곽을 산지천보다 더 동쪽으로 확장되기도 했다. 근대에 들어서는 주택이 밀집되고 오염이 심해지면서 1966년 복개되기도 했다. 지금 우리가 볼 수 있는 산지천의 모습은 2002년 다시 복원된 모습이다.

산지천의 발원지는 한라산 북사면 관음사 남쪽 해발 약 720m 정도로 이야기하지만, 상류로 올라갈수록 발달이 미약하고 비가 내릴 때만 형성되는 작은 흐름이어서 발원지가 또렷하게 식별되지는 않는다. 발원 후 제주의 아라

동, 이도동, 일도동 등을 관통하여 건입동을 거쳐 바다로 흘러나간다. 산지천의 중상류는 경사가 급한 산간지역의 계곡 특성을 나타내고 있으며, 건기에는 물이 없는 건천의 모습을 보이기도 한다. 하류로 내려갈수록 우리가 쉽게 도시에서도 볼 수 있는 전형적인 하천의 모습이 나타난다.

산지천 하류에는 용천수도 많이 솟아났다. 산짓물, 금산물, 지장깍물 등의 용천수가 발달했으며 이로 인해 산지천 근처에는 자연스럽게 취락이 많이 발달하기도 했다. 산지천 줄기를 거슬러 관음사, 산천단, 자연사박물관, 신산공원, 삼성혈, 제주성지, 그리고 오래전 목석원 등 많은 유적지와 관광명소가 줄지어 있는 것도 이와 무관하지 않다. 물이 있는 곳에 사람이 모이고, 사람이 있는 곳에 시설이 집중되기 마련이기 때문이다.

제주에 수도시설이 들어온 것은 그리 오래전 일이 아니다. 수도시설이 본격적으로 제주에 널리 보급되기 시작한 것은 1970년대이며, 60년대 중반까지도 제주 가구의 절반 이상이 용천수 등에 의지하였다. 그리고 그중에서 산지천은 제주 원도심 지역의 젖줄 역할을 하였다. 인근 동네 주민들은 산지천에서 식수와 생활용수도 확보하고, 빨래도 하면서 이웃들과 소통하기도 했다. 건입동 출신의 나의 어머니 역시 산지천과 용천수의 기억을 간직하고 계신다.

1565년 제주성을 동쪽으로 확장하면서 산지천에 2개의 수구(水口)가 만들어졌는데, 바로 북수구와 남수구이다. 그리고 이곳에 세워진 누각이 북수각, 남수각이다.

북수구에는 최초에 죽서루가 서 있었지만, 1652년 홍수로 인한 파손 후에 복구과정에서 공신정으로 이름이 변경되었다. 하지만 다시 홍수로 파손되면서 이전을 하게된다. 이후 수구는 1927년에 태풍과 홍수로 파손되었고, 공신정은 1928년 일본인들이 신사를 짓는다며 허물어버렸다. 참으로 제주 구석구석 일본으로부터의 상처가 없는 곳이 없다.

남수각(南水閣)은 남수문의 누각을 말한다. 남수각은 지금의 오현1교 일대에 위치하였다. 태풍과 홍수가 날 때마다 유실되고 파괴되는 일이 반복되어 초루를 없앴으며, 이후 서남쪽 높은 언덕에 제이각을 세운다. 제이각은 2015년에 제주시에 의해 복원되기도 했다.

오현교 근처에 가면 남수각터라는 안내판을 발견할 수 있으며, 원도심 토박이 어르신분들은 여전히 이일대를 남수각이라고 일컫는다. 남수각은 수문의 누각이었지만, 근현대에는 지역을 일컫는 말로도 사용되었다.

북수구는 지금의 북성교 일대에 있었다. 현재의 북성교는 북수구를 복원한 것은 아니라고 생각하지만, 무지개 모양의 아치형으로 다리를 만들었다. 남수구는 두개의 아치가 있었고, 북수구는 한개의 아치가 있었기에 두개의 아치를 가진 북성교의 디자인에 조금 아쉬움은 남는다.

영주 10경 중에서 '산포조어(山浦釣魚)'가 바로 산지포구에서 고기를 잡는 풍경이기도 하다. 개인적으로는 복원된 하천도 아름답게 잘 조성되었다고 생각한다. 일부 관리 부문에 대해서 이견이 있을 수 있지만 복개 시절을 떠올려보면 지금의 풍경은 비교가 되지 않을 만큼 훌륭하다. 제주의 많은 것들이 옛 가치를 뒤늦게 알아채고 복원되고 있다. 그런데도 여전히 곳곳에 공사현장이 널려 있는 것은 아이러니하다.

요즘 산지천을 거닐다 보면 예전에 이 곳이 어떤 곳이었는지를 말해주는 표지석들이 여럿 보인다. 천일정터, 담배/소금/성냥 배급소터, 중인문터, 산지물 빨래터, 흑산호 가공소 터 등이 그것인데, 그 내용을 보면 제주인들의 삶의 현장이 바로 이곳 산지천과 함께 해왔음을 짐작할 수 있다.

산지천은 병문천, 한천과 더불어 제주시의 3대 하천으로 꼽힌다. 건입동 일대의 하류 부근에는 해수와 담수가 만나며 뱀장어, 은어, 숭어 등의 어류가 서식하고, 왜가리, 청둥오리, 해오라기 등 많은 종류의 새들을 발견할 수 있다. 또한 건입동에서 산지천을 건너 서편으로는 최고 번화가 중의 하나였던 칠성통과 흑돼지 거리로 이어지고, 북쪽으로는 매립지인 탑동 번화가를 만날 수 있다.

제주시청과 근대건축

과연 제주에 여행 오는 분들께서 제주시청 같은 관공서를 찾을 일이 얼마나 있을까 싶지만, 뻔한 여행코스가 아닌 제주의 근대건축이라는 테마로 원도심을 한 번 둘러보는 것은 꽤 새롭고 흥미로운 일이다. 제주 여행에서 시청을 둘러보는 게 이상하다면, 왜 해외 도시여행 가면 City Hall을 둘러보는 것은 자연스러운 것일까? 제주의 근대 건축물에 얽힌 이야기들을 알게 되면 생각이 달라질 것이다.

제주시청과 그 건너편 일대는 제주대 학생들이 구도심으로 귀가할 때 지나가야 하는 경로에 위치한 번화가이기 때문에 제주의 대학로로 불리며 밤에 젊은 학생들로 북적거리곤 한다. 원래 과거의 제주시청 청사는 다른 자리에 있었지만, 1980년에 현재의 위치로 이전하였다. 현재 제주시청이 사용하고 있는 곳은 옛 도청사 건물이다. 이전하기 전 시청사 건물은 2012년에 철거되어 지금은 사진으로만 추억할 수 있다. 이미 철거되어버린 구 시청 건물은 나의 조부께서도 한때 근무하셨을 곳인데, 이제는 더 이상 흔적을 확인하지 못하는 상황이라 안타깝기만 하다. 어린 시절에도 제주에 지금같이 관심을 쏟았다면 충분히 살펴볼 수 있지 않았을까 하는 후회가 들곤 한다.

비록 예전 시청 건물은 철거되었지만, 지금의 시청 청사 역시 굉장히 의미가 있는 곳이다. 지금의 제주시청 건물, 즉 과거의 제주도청 건물 역시 한국전쟁이 한창이던 1952년 12월에 준공된 건물로 제주의 근·현대사를 거의 70년 동안 겪어온 곳으로, 현대 제주의 세월을 관통하고 있는 건축물이다.

여기서 주목할 만한 점은 준공 시점인데, 1952년이면 6.25 전쟁이 한참일 때이다. '온 나라가 전쟁으로 혼란할 때 도청건물을 짓는다고? 그것도 이렇게 화려하게? ' 하는 의문을 가질 법도 하다. 그것도 후대에 증축한 부분을 제외하더라도 꽤 큰 규모였으니까 말이다.

사실은 이 당시 전쟁 상황이 악화되어 부산까지 북한에 내 줄 경우에는, 이곳 제주시청 건물, 즉 구 도청사를 대한민국 임시정부청사로 사용할 계획이었다고 한다. 그래서 도청건물 준공식에 대통령과 미8군 사령관, 육군참모총장이 모두 참석할 정도로 청사건립은 중점적인 과제로 추진되었다.

현 제주시청, 구 제주도청이었던 이 건물은 거의 70년이 흐른 지금에도 그 원형이 상당 부문 보존되어 있다. 건물 양쪽으로 모두 증축이 이루어지고 일부 지붕의 돌출 창이 없어지긴 했지만, 과거 모습을 지금도 쉽게 찾아볼 수 있다. 본 건물은 기둥을 벽돌로 쌓아 올렸으며, 지붕은 청기와로 덮고 있다. 최근 제주시청의 모습에서 청기와가 없는 좌우의 건물부는 훗날 확장한 것이다. 오래전에 지어진 부분과 확장한 부분이 이질감을 준다.

현 제주시청사는 1950~1960년대 제주를 대표하는 근대건축물 중의 하나로 19세기 유럽에서 유행한 네오고딕 양식을 차용했으며, 오늘날에는 역사적 가치를 인정받아 지난 2005년에 근대문화유산 등록문화제 제155호로 지정되기도 했다.

제주시청을 방문해야 할 이유는 건축물의 역사적 의의 외에도 또 한 가지 있는데, 바로 돌하르방 때문이다. 다른 장에서 언급한 적이 있지만, 이곳 제주시청에 있는 돌하르방은 소위 "진품"이다. 남아있는 47기 가운데 2기, 그것도 제주성에서 동문을 지키던 돌하르방이 바로 이곳 제주시청에 있다. 이 정도 이유라면 민원처리를 위한 방문이 아니더라도, 한 번쯤 찾아가 볼 만한 이유가 충분하지 않을까?

머지않은 미래에 어떤 방식으로든 시청사가 신축이 될 듯하다. 관련 기사도 심심치 않게 나오고 있다. 건물이 많이 낡았기 때문에 신청사가 필요한 것도 사실이지만, 과연 제주 근대 건축사에서 큰 의미를 가지고 있는 현재의 청사는 어떤 결말을 맞을지, 그리고 돌하르방은 어떻게 될 것인지도 궁금하다. 현재 장소에서 리모델링하거나 재건축을 할 것인지, 새로운 장소에 건물을 짓고 이사를 하는지에 따라 기존 건물과 돌하르방의 운명도 결정될 것이다.

제주시청을 둘러볼 때 살펴볼 건물이 더 있는데, 바로 제주시청 4별관이다. 그냥 다를 것 없는 별관건물인가 싶겠지만, 지금 제주시청 4별관으로 사용되고 있는 이 건축물은 사실 '제주도여성회관'으로 개관되었던 건물이다.

현 제주시청 4별관이자 옛 제주도여성회관은 1969년도에 개관했으며, 당시 직업보도실, 강당, 예식장, 도서실, 미용실, 어린이실, 사무실 등이 포함된 종합회관이었다.

건물 자체는 현대 시선으로 볼 때 다소 평범해 보일 수도 있지만, 곡선과 직선의 어우러짐이 보면 볼수록 재미있다. 1, 2층은 기둥을 노출시키며 직선 위주의 모습을 하는 반면, 3층 부가 둥글둥글한 곡선으로 처리되며 기둥너머 창이 난 모습이 인상적이다. 구 제주도여성회관, 현재의 제주시청 4별관은 제주 2세대 건축가인 강은홍 님이 설계하였다고 하며, 전문가들은 르코르뷔지에 풍의 건축적 요소가 녹아있다고 말한다. 준공식 당시 육영수 여사가 직접 참석해서 피아노와 도서들을 기증했다는 점은 정치성향과 무관하게 이곳의 무게감을 가늠하게 해주는 일화이다.

지금 이 건물은 시청별관으로 사용되고 있으며 당시 제주여성회관은 이후 기능이 추가되어 현재의 설문대 여성문화센터가 되었다. 개관 50년이 넘은 제주여성회관(여성문화센터)은 삼다도라 불린 제주의 '삼다(三多)' 한 축을 담당하고 있는 여성에 대한 기관인 만큼, 제주에서는 그 의미가 더 각별할 수 있다. 그리고 그 출발점인 1969년에 여성을 위한 첫발을 내디딘 건물이라는 점에서 현재의 제주시청4별관 또한 제주현대사에 있어 역사적인 의미를 찾을 수 있다.

시청에서 멀지 않은 곳에 제주 보훈회관도 있다. 지금의 모습을 보면 그냥 편의점이 있는 건물이겠거니 싶겠지만, 이 건물 또한 1970년에 건축되어 50년 넘게 세월을 견디어낸 역사의 증인이다. 하지만 더 오래전 항공사진에서도 보훈회관으로 추정되는 건물이 확인되고 있어서 좀 더 건축 시기가 이르지 않았을까 추측해본다.

제주 보훈회관은 제주지역 2세대 건축가인 고(故) 이공선 님이 설계했다. 이공선 님은 중앙건축사 대표이기도 했지만, 제주도건축사회 명예회장을 지내기도 했던 분이다. 제주 보훈회관 건물은 현 제주시청 앞쪽으로 가장 멀리 큰 블록의 북쪽 모퉁이에 자리 잡고 있는데, 모서리를 둥글게 처리한 것이 특징이다.

이곳 역시 앞서 이야기했던 시청 4별관과 다른 듯 하지만 비슷한 매력들이 숨어있는데, 2~3층에 길게 연속적으로 디자인된 창, 입구에서 옥상 부까지 뻗어 나간 직선, 둥글게 마감된 측면부의 조화가 멋스럽다. 주변의 현대식 육면체 건물들과 확실하게 대비되는 개성이 있는 건물이다. 이곳 역시 전문가들이 논할 때 르코크뷔지에의 '근대건축 5원칙'을 논한다. 5원칙은 자유로운 입면, 평면, 연속적인 창, 옥상정원, 필로티를 포함한다.

원도심의 근대건축물들과 역사를 따라가는 뚜벅이 여행은 기타 관광지에서 볼 수 없는 또 다른 재미가 있다. 건물들에 담긴 이야기와 역사를 살펴보다 보면 일상 속에 인지하지 못하고 지나치던 풍경들 속에서 새로운 숨결이 느껴질 것이다.

최초 타이틀을 보유한 건축물

앞장에 이어 원도심에서 소개하고 싶은 건물은 제주시민회관이다. 1964년 건축된 제주시민회관은 바로 제주도 최초의 철골조 건축물이라는 상징적인 의미가 있는 건물이다. 지금이야 거대한 건물들이 즐비하지만, 그 당시에는 정말 거대한 규모를 자랑하는 건물이었다. 설계자와 감독자가 모두 서울특별시라는 점도 독특하다. 민가는 아직도 초가집이 다수이던 1960년대 초반, 제주 최초로 철골조 건물이 저런 거대한 규모로 지어졌다는 점이 이 건물의 특별함이다.

제주시민회관은 3,027㎡의 부지에, 공연장은 1,962㎡에 이르는 면적으로 지상 3층, 강당부 2층으로 건축되었다. 제주시민회관은 사무실과 공연장 (1층 400석, 2층 505석), 경기장 등으로 구성된 다용도 시설이다. 각종 연극이나 연주회, 전시회, 축제, 탁구/태권도/배드민턴 등 실내 스포츠 대회, 행사

대관 등등 다양한 목적으로 운영되고 있다. 앞에서 볼 때는 일반 건물과 별 차이가 없어 보이지만 뒤쪽으로 길게 철골구조의 대형 강당이 연결되어 자리 잡고 있다. 무려 57년이나 된 건물이지만 지금도 여전히 현역으로 기능하고 있다. 주말이면 행사가 끝나고 회관 앞 주차장을 가득 메운 인파를 볼 수 있다.

현대에 이르러 문화공간이 늘어나고, 기능상 대체 가능한 건물들이 새롭게 생겨난 데 비해, 제주시민회관은 세월을 그대로 관통하여 노후화 되다 보니 그동안 건물의 보존과 철거를 놓고 오랜 기간 동안 갑론을박이 이어졌었다. 해당 부지에 새로 건물을 짓는 방향으로 가닥이 잡힌 것 같은데 지켜봐야 한다. 언제나 옛것에 머물러 있을 수도 없고 영원한 건 없다지만, 근/현대에 짓는 대부분의 건물들이 여러 이유로 인해 백 년, 이백 년 이상 이어나가지 못하는 현실은 아쉬운 것이 사실이다. 앞장에서 이야기한 제주시청 건물과 이 제주시민회관 모두 직접 눈으로 볼 수 있는 날이 얼마 남지 않은 것 같다. 호기심이 생기신 분들은 더 늦기 전에 한 번씩 들려보시길 권고한다.

설계는 해방 이후 최초의 건축사무소를 개소했던 김태식 님이 담당하였는데, 이분은 제주도에 굵직한 최초 타이틀의 근대건축물 두 개를 남겼다. 하나는 바로 앞서 이야기한 제주 최초의 철골건축물인 제주시민회관이며, 다른 하나는 지금부터 이야기 할 제주 최초의 민간호텔인 제주 관광호텔이다. 당시 흔하지 않던 두 건물의 규모만큼이나 각 분야에서 최초로써의 의미들을 가진 소중한 근대건축 자산이다.

바야흐로 2000년대는 '관광 제주'의 시대가 되었다. 제주도에서 외국인 관광객을 발견하고 신기하게 쳐다보던 시대는 이미 오래전에 지나갔다. 최근 다소 주춤거리긴 했지만, 제주도는 여전히 관광 방문자 글로벌 순위에서 80위~100위 사이를 오가며 랭크되고 있다. 현재는 코로나19로 국내인구의 방문 유입이 폭발하고 있지만, 머지않은 미래에 다시 외국인 관광객들도 마음 놓고 드나들 수 있는 시대가 빨리 왔으면 한다.

제주는 천혜의 관광자원을 가득 지니고 있지만, 그 가치를 인정받고 관광지로 개발되기 위해 본격적으로 드라이브가 걸린 것은 그리 오랜 일이 아니다. 특히 일제강점기와 4.3 사건 등 근현대사에서 크나큰 아픔을 오랫동안 겪어왔기에, 20세기의 절반 동안은 제주에 '관광'이란 단어가 조합될 기회조차 없었다. 아니 한국 전체에 '관광' 은 먼 나라 이야기였다.

혼란을 딛고 1960년대에 들어서서부터는 관광 개발정책이 추진되기 시작했는데, 제주도에 최초의 민간자본 호텔이 들어선 것도 바로 이 무렵이다. 이 건물은 상호만 변경되었을 뿐 아직도 건재하다. 겉보기에는 그냥 낡은 호텔로 보일 수 있던 이곳은 바로 제주 관광사에서 역사적으로 큰 의미가 있는 건물이다.

1963년 10월 13일에 열린 제주 관광호텔의 개관식에는 무려 서울에서 교통부 장관과 공보부 차관, 재향군인회 부회장 등이 축하 사절로 참여하였다. 민간호텔이 개업하는데 무려 장관이 서울에서 내려와 참석한다는 사실 자체가 굉장히 이례적이다. 거기에 더해 이 개관식에서 제주관광호텔 대표에게 대통령이 수여하는 문화훈장 국민장이 전달되었다. 이는 대통령의 투자요청 수락과 시행에 대한 화답이라는 평이다. 즉, 제주관광호텔은 민간자본 호텔이지만 제주관광 개발을 위해 정부의 의중이 반영되어 전략적으로 설립된 호텔이기도 하다.

당시 호텔 일대는 모두 밭으로 둘러싸여 있고 조그마한 민가들만 일부 자리 잡고 있을 뿐, 제주관광호텔과 필적할 규모의 건물이 없었다. 그 존재감만큼 제주관광호텔의 건립은 획기적이자, 관광제주로의 정책 드라이브를 잘 보여주는 상징성을 가지고 있다.

구 제주관광호텔은 건평 880여 평에 지하 1층, 지상 3층짜리 건물로 설계되었다. 객실 수는 30실(양식 16실, 한식 및 일본식 12실, 귀빈실 2실)로 구성이었으며, 커피숍과 바, 그리고 한국관까지 갖춘 당시로써는 초고급 호텔이었다. 제주 토박이이신 한 사촌어른께서는 제주 관광호텔이 당시에 아무나 갈 수 없을 정도의 초고급 호텔이었다고 기억을 나눠주셨다.

구 제주관광호텔의 기본배치는 ㄱ자형인데, 객실 한 개의 폭을 기준으로 기둥을 두어 경제적으로 설계한 것이 특징이라고 한다. 철근 콘크리트 구조이며, 복잡하다기 보다는 직교하는 선의 집합으로 간결한 모양을 띄고 있다. 1층은 서비스 공간으로, 2~3층은 객실로 구성되어 있다. 저렇게 큰 굴뚝이 필요할까 싶을 만큼 높은 굴뚝이 존재감을 뽐내고 있고, 1층 로비는 천정이 요즘의 그것들과는 달리 다소 좀 낮은 느낌이다.

직접 호텔에 들어서지 않고는 외부에서는 볼 수 없는 중정은 잔디로 이루어져, 아직도 포근하고 고급스러운 느낌을 간직하고 있다. 비록 세월을 속일 수 없어 호텔 구석구석은 많이 낡았지만, 이 중정의 중후한 자태만은 아직도 살아있어서, 과거에 중정을 가득 채웠을 수많은 행사의 영광의 순간들이 절로 머릿속에 그려지곤 한다.

언뜻 봐도 오랜 세월을 버텨온 것이 분명한 야자수가 하늘 높이 솟아있는 것이 인상적인 중정을 가지고 있다. 길 건너 보이는 K 호텔도 정겹다. 비록

74년부터 19층 높이의 K 호텔이 개관하면서 제주관광호텔은 그 상징성을 빼앗겼지만, 지금은 서로 함께 세월을 맞으며 늙어간 느낌이 애틋하다.

지금은 제주에 깔끔하고 예쁜 숙소들이 해마다 넘치도록 생겨서 과연 이 오래된 건물을 찾는 이가 있을까 싶지만, 나름대로 위치의 장점과 가성비를 무기로 경쟁력을 유지하고 있었다. 삼성혈, 자연사박물관, 신산공원들이 바로 옆에 있으며, 국수거리도 있고 시청 번화가도 멀지 않으며, 공항에서도 차로 10분 정도의 거리로 가깝다. 오래전부터 자리 잡고 있었으니 당연한 위치 선정일지도 모르겠다. 제주 최초의 민간 자본 호텔 그 역사의 현장이 아직 그 자리에 있다.

주정공장과 적산가옥

얼마 전 목포를 다녀올 일이 있었는데, 막상 가보니 참 볼거리도 많고 멋이 묻어있는 동네였다. 목포도 원도심이 있는데, 이곳은 수십 년 동안 시간이 멈춰버린 듯했다. 목포에는 오래된 일제강점기 건물이 아직도 많이 남아있다. 적산(敵産)가옥이라고 하는 이 일본식 건축물들이 즐비한 곳이 목포이다. 적산가옥은 어떤 건축양식을 일컫는 말은 아니며, 본 의미는 '적의 재산', '적들이 만든' 등의 뜻을 함유하고 있다. 물론 우리나라의 경우는 일제 강점기라는 시대적 범위 내에서 일본에 의해 지어진 건물들이므로 비슷비슷한 양식을 가지고 있기도 하여 일제 강점기에 일본에 의해 지어진 주택들로 생각해도 본 정의의 대상과 대부분 일치할 것이다.

목포에서는 일제의 건물이라 해서 헐어버리거나 하지 않았다. 일제의 건물이지만 그곳에서 오랜 기간 생활한 우리 한국인들의 삶이 묻어있던 시간이 훨씬 길었기 때문인지 공존을 택한 듯했다. 덕분에 목포에서는 근현대의 역사를 돌아볼 수 있는 기회가 많았다. 물론 조선총독부를 통쾌하게 날려버리던 기억이 아직도 생생하지만, 적산가옥은 좀 더 오랜 기간 한국인들의 생활 터전이 되기도 했으므로 목포시의 정책처럼 함께 인정하고 같이 세월을 머금어 나가는 것도 나름의 의미와 가치가 있겠다 싶었다.

이 '적산(敵産)가옥' 이 제주에도 있었다는 이야기를 하고 싶어서 목포 이야기를 적었다. 물론 목포와는 달리 지금은 남아있는 적산가옥은 거의 없다. 제주의 적산가옥 이야기를 하려면 먼저 주정공장 이야기를 알아야 한다. 제주시 건입동 현대아파트 일대에는 과거에 주정공장이 있었다. 1943년 지어진 제주주정공장은 지금 현대아파트의 자리에 고구마 창고와 분쇄실, 저수탱크가 있었고, 현대아파트에서 바닷가 쪽으로는 공장시설과 주정탱크 및 굴뚝시설이 세워졌다.

제주 주정공장에서는 속칭 빼떼기라고 하는 고구마를 발효한 주정(酒精)으로 항공연료인 부탄올과 아세톤을 생산, 일본군에 납품했으며 1944년 말에는 일본군의 자동차 연료로 공급되었다. 주정공장은 군용기 연료 보급을 위한 생산기지였으며, 일본 전역에 무수주정(無水酒精)을 공급하는 동양 최대의 시설이었다. '주정공장 굴뚝에서 연기가 나야 제주 경제가 돌아간다'는 말이 있을 정도로 주정공장은 제주 최대의 산업시설이었다. 산지항을 통해 드나드는 화물의 절반 이상은 주정공장의 것이었다고 할 정도였다.

주정공장의 가동은 고구마 공출의 강요, 농민수탈로도 이어졌지만, 광복 후에는 미군정이 접수 후 창고에 보관된 고구마를 배급하기도 했다. 1950년대는 민간이 운영하면서 전국 각지에 공업용, 의약용, 음료용으로 알코올 원액을 공급하는 제주 최대의 기업이었다.

이후 4.3 관련하여 군에서는 주정공장의 창고들을 수용시설로 사용하여 3,000여명의 민간인을 수용했는데 많은 양민들이 용공 혐의를 뒤집어쓰고 희생되었던 아픔이 있는 장소이기도 하다. 주정공장 옛 터에는 앞으로 4.3 역사공원이 조성된다고 한다.

목포를 시작으로 적산가옥 이야기를 하다가 갑자기 주정공장 이야기로 길게 돌아온 이유는 바로 주정공장 사택이 적산가옥이기 때문이다. 주정공장의 사택은 동초등학교 서편에 집중적으로 지어졌는데, 주로 판자를 수평으로 잇대어 만든 벽에 맞배지붕으로 기와가 올려져 있으며, 건물 정면은 중앙부에 벽보다 밖으로 돌출된 현관이 있는 형태였다고 한다. 일본식 가옥이지만 제주의 바람과 기후 등 제주지역의 풍토를 반영했다는 이야기들이 있다.

일제가 패망하면서 사택은 적산가옥으로 분류되어 민간에 매각되었다. 건입동 출신의 어머니도 어린 시절에 이 주정공장 사택이었던 적산가옥에서 생활하셨다고 하셨다. 이후 외가의 적산가옥은 오래전에 헐리고, 일반적인 주택으로 지어졌기에 나는 기억이 없다. 기록들을 찾아보면 내가 어릴 적 외가를 방문하던 시기만 해도 골목 주변에 적산가옥들이 분명히 많이 있었다. 하지만 안타깝게도 어린 학창시절엔 아는게 없으니 이를 알아볼 도리가 없었다. 그리고 중년이 된 지금은 남아있는 가옥을 찾기가 힘들다. 그도 그럴 것이 제주의 적산가옥은 1930년대에 지어졌기 때문에 지금까지 실생활을 하면서 보존되기에는 많은 무리가 있었다.

제6장
제주의 생활풍경

결혼식 풍경

제주는 자연환경뿐 아니라 살아가는 모습도 육지와는 다른 부분들이 많은데 그중 하나가 결혼식 모습이다. 물론 서양식으로 치르는 결혼식의 역사가 그리 유구하게 오래된 일은 아니지만, 그 와중에도 육지와는 차이를 보이는 점들이 있다. 물론 여기에 적는 결혼식의 풍경이 제주의 절대적인 모습이라고 할 수는 없다. 또한 최근 제주로의 외부인구 유입이 많았기 때문에 제주의 결혼식이라 하더라도 육지와 큰 차이 없이 치러지는 곳들이 많을 것이다. 그래도 오랫동안 지켜본 결과, 제주의 결혼식 풍경이 서울과 제일 다른 점이 있다면 역시 부조(扶助)와 식사대접 관련 문화를 꼽을 수 있다.

첫째, 보통 제주도의 결혼식장에는 축의금을 접수받는 데스크가 없다. 따라서 일반적인 경우 축의금을 담기 위한 하얀 봉투 또한 현장에 비치되어 있지 않다. 서울에서는 봉투를 미리 준비하지 않고, 식장에 도착해서야 봉투를 얻은 다음 현장에서 부랴부랴 지갑에서 돈을 꺼내 봉투에 옮겨 담아 접수 데스크에 전달하는 모습이 일상이다. 때문에 제주의 결혼식에 처음 참석하시는 육지 분들은 봉투조차 구하기 어려운 제주 결혼식장에서 낭패를 보는 일이 잦다. 별도의 접수 데스크 없이 혼주와 결혼 당사자가 하객에게 개별적으로 인사를 나누며 직접 축의금을 받는 모습은 제주에서 매우 흔하다. 이 차이는 육지 출신의 아내 역시 아직까지도 익숙해하지 않는 부분이다.

둘째, 제주에서의 축의금은 통상 '겹부조', 즉 N:N의 Mesh 구조를 가진다. 물론 수학 얘기는 아니다. 서울에서는 대부분 한집에서 한 개의 봉투만 전달된다. 데스크에 접수하면 부모님께 전달되든 결혼식 당사자에게 전달되든 축의금 접수경로가 통일되어 있기 마련이다. 그런데 제주에서는 친분이 있는 모두에게 N:N 형태로 축의금을 전달하는 경우가 많다. 신랑과 신부 모두 지인일 경우 축의금을 둘 모두에게 주는 것이다. 이는 서울에서도 관계에 따라 가끔 볼 수 있는 일이다. 하지만 경우에 따라 신랑신부의 부모 등 가족에게도 따로 축의금을 주기도 한다. 이런 경우는 육지에서는 보기 어려운 모습이다.

제주의 축의금 문화는 가문과 가문의 개념이 아닌, 개인 간의 부조금이다. 남편이 가장으로 집안을 대표해 혼자 부조하는 게 아니라 남편과 아내, 자식이 각각 부조하는 구조이다. 좋게 말하면 개인별 독립적인 관계의 발현이다. 하지만 당사자들에게는 부담으로 다가오기도 한다. 제주여성가족연구원에서 발간한 '제주지역 결혼문화 실태조사 연구'에 따르면 제주의 결혼식은 평균 하객수는 평균 474명으로 전국평균 264명에 비해 1.8배 높고, 축의금 규모는 부모 3,020만원, 자녀 1,297만원으로 총 4,317만원이다. 이는 전국평균

1,766만원보다 무려 2.4배 가량 많은 액수이다. 겹부조로 인한 영향을 부정할 수 없다.

셋째, 제주에서는 결혼식에도 답례품이 있는데, 이 역시 겹부조에 대응하는 N:N mesh 형태를 보인다. 서울에서는 돌잔치 정도만 답례품이 있다. 그것도 돌잔치를 주최하는 아이의 부모가 함께 준비한다. 제주에서는 결혼식이나 상갓집에서도 답례품을 주는 문화가 있는데, 이 답례품 역시 N:N이다. 겹 부조에 대응하여 결혼식 아버님 손님에 대한 답례품 따로, 어머님 손님에 대한 답례품 따로, 결혼당사자에 대한 답례품 따로 모두 각자 준비한다. 답례물품도 당연히 서로 다르다. 손님이 혼주도 알고 결혼 당사자도 알고 둘 이상과 관계가 있어 중복되는 경우가 많다. 그러면 중복해서 받아간다. 혼주인 아버님이 주는 답례품도 받고, 결혼당사자가 주는 답례품도 받고, 내가 겹 부조를 했다면, 답례품도 겹으로 받아간다. 서울에서는 볼 수 없는 문화이다.

넷째, 제주에서는 하루 온 종일 음식 대접을 한다. 이 부분은 집마다 조금씩 다르긴 하지만, 대부분 신랑 측과 신부 측이 따로 준비를 한다. 서울에서도 물론 식대 정산은 따로 하지만 웬만하면 같은 식장 안의 식사공간을 나눠서 쓰는 편이다. 제주에서는 식당이 신랑이 준비한 곳과 신부가 준비한 장소가 아예 다른 경우가 많고, 신랑/신부 각자의 집이나 집 가까운 곳으로 식사공간이 멀리 따로 잡히기도 한다. 식사는 결혼식 당일 아침, 점심, 저녁 3끼를 모두 제공하는 경우가 많다. 물론 손님도 2끼 이상 방문해서 먹을 수 있다. 아니면 손님을 맞는 식사는 결혼식 전날 별도의 식당에서 진행하고, 결혼식 당일은 친척들 위주로 집에서 잔치를 치르기도 한다. 보다 오래전 과거에는 첫날은 마을잔치, 둘째 날은 친척들을 포함한 가문잔치, 셋째 날은 결혼식을 치

렀지만 그나마 간소화된 것이라 할 수 있겠다. 그리고 점점 더 간소화될 전망이다. 다른 변형들도 있겠지만, 제주의 음식 대접은 많은 준비와 노력을 필요로 한다.

지금까지 제주도의 결혼식장 풍경에서 서울과 크게 다른 네 가지 점을 언급했지만, 과거에 참석했던 결혼식들에 비해 최근의 결혼식들은 제주 역시 점차 서울과 비슷해져 가는 양상이기는 하다. 지금의 아이들이 결혼할 즈음 되면 큰 차이가 없을 것 같기도 하다는 생각도 든다. 50만이던 인구가 70만이 되었다. 즉, 50만이던 인구에 외부인구가 20만이 더 유입되었으니 당연히 결혼식장의 풍경 또한 바뀌어 갈 것이다.

제주만의 결혼문화에 찬반 이야기가 많지만, 가장 중요한 것은 어떤 형태가 되었던 모든 결혼식의 공통점은 신랑과 신부에게는 축복을, 하객 여러분께는 감사를 전해드리는 것이고, 이게 지역에 따라 조금씩 표현하는 형태가 다를 뿐 본질은 모두 같다는 점이다. 이 글은 제주의 결혼식 문화를 찬양하는 것도, 비판하는 것도 아니니 혹시 모를 오해가 없으면 한다.

1만8천 신이 있는 섬

제주에서는 몇 가지 이사와 관련된 특이사항이 있다. 이를테면 부동산 사이트보다는 오일장이나 교차로 같은 곳에 더 많은 매물이 올라온다. 최근에는 중고거래로 흥하고 있는 특정 모바일 플랫폼에서도 많은 거래가 이루어진다. 전세나 월세가 아닌 연세의 개념이 있다는 것도 특별하다. 제주로의 인구가 급격히 늘어나면서 이 제주에서는 연세 단위로 거래한다는 것이 과거보다는 많이 알려진 편이다.

그리고 또 하나의 특징으로는 주로 '신구간' 기간에 한하여 이사가 집중적으로 많이 이루어진다는 점이다. 신구간(新舊間)'은 제주도의 전통 풍습 중 하나로, 대한 후 5일째부터 입춘 3일 전까지 7~8일 남짓한 짧은 기간에 이사나 집수리 등을 집중적으로 치르는 풍습이다. 육지의 '손 없는 날'과 비슷한 날이 1년 중 일주일 사이에 집중되어 있다고 생각하면 이해가 쉽다.

제주는 1만 8천 신들의 섬이라 할 만큼 많은 신이 있는데, 지상에 내려와 인간사를 돌보던 모든 신이 1년 동안의 임무를 마치고 지상을 떠나 옥황상제에게 보고를 올리고 새로운 발령을 기다리는 기간이 바로 신구간이며, 신들이 자리를 비웠을 때 이사를 해야 해코지를 당하지 않는다는 믿음이다.

최근 외부의 인구 유입이 많아지면서 이런 제주만의 특징들이 많이 희석되고 있기는 하지만, 육지에 비하면 제주는 아직도 무속신앙의 영향이 크다고 할 수 있다.

제주의 제사는 육지와 다르게 카스텔라 같은 빵을 제사상에 올린다. 옥돔도 올라가고 생선국도 상에 올린다. 물론 지역마다 그 지역의 특산품들이 올라가는 변화는 있는데 빵은 좀 특이하다. 하지만 제주의 제사는 음식의 종류보다 더 큰 차이점이 있는데 바로 '문전제'를 먼저 지낸다는 것이다.

나는 '문전제'를 제주에서만 지낸다는 사실을 비교적 최근에서야 알아차렸다. 본가와 외가가 모두 제주이다 보니 육지에서의 제사를 경험할 기회가 없었기 때문이기도 하다. 당연히 다들 그렇게 지내는 줄 알았다. 콩국수에 설탕을 넣어서 먹는 것 같은 지역적 차이의 놀라움을 느꼈다.

문전제는 본제를 치르기 전에 마루에서 현관 쪽으로 작은 제사상을 올리는 행위이다. 문전상은 본제보다 작은 상에 간소하게 준비하며, 현관문을 살짝 열어두고 문전신에게 올리는 의식이다. 제주에는 문전신이라는 신이 있다는 믿음이 있고, 문전신은 신이 드나드는 길목을 관장하는 존재이기 때문에 조상을 모시어 제를 올리기 앞서 문전신을 위해야 한다는 관념이 문전제에 녹아있는 것이다. 참고로 제주는 정낭, 현관, 부엌, 화장실 등등 집안 곳곳에도 신들이 좌정해있다는 믿음이 있으며, 그중에서 문전신이 제일 위계가 높다.

문전제는 제사나 차례 뿐 아니라 관혼상제는 물론 신년 초, 이사, 장거리 출타 등 큰 일이 있을 때마다 이루어진다. 물론 모두가 그런 것은 아니며, 필자의 집안 또한 제사나 차례 정도에만 문전제를 지낸다. 문전제를 지내면서도 이것이 문전신에게 제를 올리는 의식이라는 것도 솔직히 최근에야 알게 되었다. 문전제는 유교식 의례와 토속적 의례가 혼합되어 나타난 사례이며, 행하는 사람조차 토속신앙이 녹아있음을 눈치채지 못하는 경우도 있는 것처럼 토속신앙은 제주인의 생활 깊숙한 곳에 아직도 남아있다.

개인적으로는 제사나 차례 등 어떤 양식이나 형식적인 면보다는 마음이 중요하다는 생각은 변함이 없지만, 이러한 마음도 일정한 형식과 틀이 있기 때문에 느슨해지지 않고 가다듬어질 수 있는 면도 부인할 수 없다.

야경으로 유명한 선운정사에 들러보았는가. 그저 밤에 조명이 좀 잘 되어 있나 하고 가벼운 마음으로 방문했다가 여느 절과는 조금 다른 분위기에 조금 놀라울 수도 있겠다. 분명 절인데 초입부터 설문대 할망에게 소원을 빌고 가라는 안내문구가 보이는 것이 예사롭지 않다. 불교는 부처를 믿는 종교인데, 토속신앙이 결부된 것이다. 실제로 방문해보면 일반적인 불교사찰들과는 다르게 좀 더 화려한 장식이 많은 편이고 이국적이기까지 하다.

이는 '1만 8천 신들의 고향' 제주의 토속신앙 문화를 불교문화와 융화하고자 하는 의도가 담겨있다. 아직도 연세가 많으신 분들은 토속신앙에 깊이 의지하는 경우가 많다. 혼합된 모습에 조금 어색할 수도 있겠지만, 배타적이지 않은 불교의 특성이 잘 드러난 경우라고 생각할 수도 있을 것이다.

탐라순력도'로 유명한 이형상 목사는 제주에 부임했던 286명의 목사 중에서 가장 유명한 것 같다. 많은 업적도 있지만, 평가는 양면적이다. 제주 전역의 129개 신당을 모두 불태운 자가 바로 이형상 목사이다. 그가 학문을 장려하고 미신을 타파하며 주민들의 풍속을 교화시킨 인물이라며 좋은 평가의 시각도 있지만, 제주 사람의 입장에서 보면 삶 속에 깊숙이 묻어있던 토착 신앙을 전면 부정하고 신당을 파괴했다는 사실만으로도 부정적인 평가를 할 수도 있을 것이다.

개인적 생각으로는 유교적인 의식이든 토속신앙이 가미된 의식이든, 기독교식 의식이든 천주교식 의식이든 당사자의 진심어린 마음이면 되지 않나 싶다. 서로를 색안경을 끼고 바라볼 필요도 없고 배타적으로 대할 필요도 없다. 그냥 지역적 역사적 상황에 따라 진심이 발현되는 모습이 다를 뿐이다. 서로의 다름을 인정하고 받아들일 때 좀 더 평화로운 마음을 얻게 될 것이다.

사라져가는 사투리

어릴 적 명절 때마다 부모님 손을 잡고 제주를 찾을 때면 부모님은 평소보다 사투리를 좀 더 많이 사용하셨다. 물론 제주에 계신 친지들과 이야기할 때는 충분히 그럴 수 있을 것이다. 하지만 부모님의 사투리 사용은 공항에 내려 버스나 택시를 이용할 때도 마찬가지였다. 아니, 좀 더 적극적이셨다고 기억한다. 그리고 세상 물정 모르던 어린이인 내가 느낄 때에도, 기사님들과 처음 대면할 때보다 부모님이 사투리를 진하게 사용하신 이후 좀 더 친절함이 느껴졌다. 아니 친절해졌다기보다 경계심을 풀었다는 표현이 더 가까울지도 모르겠다.

사실 이것 역시 사람마다 다르고, 전국 어디나 비슷한 사정이리라 생각되지만 특히 제주 사람들은 육지 사람들에게 불친절하다는 이야기도 있었을 만큼 오해를 불러일으킬 만한 상황들은 종종 발생했다. 심지어 '육지 것들'

이란 말도 있으니까. 하지만 이는 육지의 시골마을에서 '도시 것들'이라고 하는 거랑 과연 큰 차이가 있을까 싶기도 하다. 다만 그 경계가 섬이라는 특성상 바다로 갈라졌을 뿐.

물론 예로부터 역사적으로 제주 사람들은 육지로부터 고초만 겪었지, 뭐 하나 좋아할 만한 일들은 거의 없었다. 근현대의 아픈 역사는 뒤로하더라도 과거 조선 시대 때조차 진상한답시고 말과 귤을 침탈하다시피 하고, 이를 위해 백성들을 들들 볶고 괴롭혔다. 목사로 부임하는 이들은 억지로 내려왔다가 하루빨리 육지로 올라가지 못해 안달이고, 유배지 취급을 당해서 매번 유배인들이 내려왔으며, 더 과거로 올라가도 고려군이든 삼별초든 결국엔 제주 사람들을 힘들게 하기는 마찬가지였지 않은가.

책의 전반부에서 이야기했던 놀이시설에서의 한 일화를 다시 꺼내보자. 직원분들 중에 조금 연세가 있어 보이시는 직원분이 한 분 계셨는데, 처음에 조금 당황스러울 정도로 굉장히 무뚝뚝하셨다. 불친절이라기 보단 그냥 무뚝뚝하다는 표현이 더 맞을 것이다. 난 어릴 적부터 집에서 무뚝뚝한 제주의 어른들을 많이 보면서 자랐기 때문에 그냥 이건 불친절이 아니라 무뚝뚝한 것이라는 걸 대변에 알았지만, 일반적인 관광객이라면 충분히 오해할 수도 있을 것 같다는 생각도 했다.

그런데 놀이 물품을 수령하기 위해 티켓을 보여드리니 이내 무뚝뚝한 표정이 사라지면서 진한 제주 사투리와 함께 미소를 건네시며 갑자기 친절하게 맞이해주셨다. 티켓에 도민 할인 문구를 보시고 같은 도민이라 경계를 내려놓으신 것이다. 하지만 던지신 사투리에 내가 서울 말투로 대답을 하니 순간 멋쩍어 하시며 다시 무뚝뚝한 표정으로 표준말로 말씀하시기 시작했다.

방문객 대부분이 육지로부터 온 관광객이었을 법한 시설이었기 때문에 그냥 고향 사람을 만난 반가움의 표현일 뿐 절대 육지 사람에 대한 차별이 아니라고 생각한다. 하지만 사투리에는 같은 그룹으로써 동질감을 함양시키는 힘이 있는 것도 사실이다.

어쨌든 과거에는 사투리를 잘 쓰면 좀 더 친절하거나 혜택을 받기도 했다. 불평등한 것 아니냐고 할 수도 있겠지만, 후에 활성화된 도민 할인제도와 다를 것은 없다고 생각한다. 다만 과거엔 이를 증명할 방법이 사투리였을 뿐.

몇 년 전 어느 관광지에 매표소에 붙어있던 문구도 인상적이었다.

"도민 신분증 어시믄 할인혜택 못받아 마씸. 사투리로 막 잘고라도 안되마씸. 이해줍써 앙? "

이제는 모든 것이 제도화되고 규정화되었기 때문에 직원으로서도 어쩔 수 없는 건 잘 이해할 수 있지만, 사실 제주 사투리만큼 육지 사람이 아무리 흉내 내도 어설픈 티가 잘 나는 사투리도 없다. 그래서 제주 사투리가 능수능란하면 이는 백 퍼센트 제주 사람일 것이다.

그리고 제주도 안에서도 사투리가 다르다. 제주시에서 듣는 사투리와 서귀포에서 듣는 사투리가 다르다. 같은 제주도지만 한라산으로 인해 왕래가 많이 없던 과거를 생각하면 당연할 법도 하다. 나의 경우는 외가가 제주시에 있고, 친가는 서귀포에 있었다. 그런데 이런 사투리의 지역적 차이 때문에 지금에도 제주시의 동네 식당을 가면 들려오는 동네 어르신들의 사투리는 외가에서의 느낌을 떠올리게 하고, 서귀포 식당에서 들을 수 있는 동네 어르신들의 사투리는 친가 쪽 분위기와 기억을 되살려 준다. 처음 가는 식당일지라도 동네에서 들려오는 그 지역 말투의 느낌이 있다. 좁은 제주에서도 지역마다 다른 사투리가 있다.

한때는 관광 제주를 위해 사투리 사용을 자제하자는 캠페인도 있었고, 방송에서도 표준어 코너가 있던 시기도 있었다. 거기에 50만이던 제주 인구에 갑작스러운 인구 유입으로 20만이 더 육지에서 유입되면서 제주에 사투리를 사용하는 사람을 볼 기회가 점점 줄고 있다. 학교에서조차 학급에 육지에서 온 친구들이 적지 않으니 앞으로 사투리의 소멸은 점점 더 가속화될 것이다. 실제로 요즘 제주를 가면 정말 동네 깊숙하게 들어가지 않으면 사투리 듣기가 매우 어렵다. 어느새 사투리가 고어가 되고 있다. 박물관에 사투리 보존 코너가 있을 정도이고, 제주 지방방송에서 조차 사투리 뜻을 맞추는 퀴즈코너들이 꾸준히 방송되고 있다.

제주 사투리는 내게 고향과 같은 느낌을 살려주기에 점점 소멸되어가는 추세는 너무나 안타까운 마음이다. 하지만 내 경우에도 사투리에 대한 리스닝(Listening)만 어느 정도 익숙할 뿐, 스피킹(Speaking)이 안되는 반쪽이니 누굴 원망하겠는가.

거리감의 차이

제주에서는 시간과 공간의 왜곡이 발생하는 것 같다. 과학 이야기는 아니고, 바로 심리적인 거리감에 대한 이야기이다. 제주에서의 공간과 시간에 대한 감각은 서울이나 수도권, 혹은 대도시에 사시는 분들이 느끼는 그것과는 많은 차이가 있다.

아침 출근길 지하철만 타보아도 느낄 수 있을 정도로 서울과 경기의 인구밀도는 어마어마하다. 수도권 어디서나 주변을 둘러보면 빽빽하게 아파트가 수직으로 늘어서 있다. 학생들을 수용하기 위해 학교 역시 촘촘하게 들어서 있다. 인구가 집중되다 보니 버스를 비롯해 지하철까지 교통수단도 구석구석 발달하였고, 배차 간격도 매우 빼곡하다. 서울에서 배차 시간이 한 시간 혹은 두 시간마다 있다면 그것은 없는 노선이나 다름없을 정도이다.

서울에서 제주로 이주를 고민해보신 분들은 조사과정에서 알아차리셨겠지만, 제주에서는 집에서 초/중/고등학교를 모두 도보로 10분 이내에 도달할 수 있는 곳은 거의 없다. 심지어 초등학교도 그렇게 가깝게 다니기란 만만치 않은 일이다. 성인들 역시 대중교통 또한 서울에 비해 촘촘하지 못하기 때문에 대부분의 이동에 자가용을 이용한다. 아니면 웬만한 거리는 걸어 다닌다. 즉 서울과 달리 제주에서는 어릴 때 통학환경부터 어느 정도 거리의 도보에 익숙할 수밖에 없다. 여기서 바로 서울과 제주 사이에 공간과 시간에 대한 감각의 차이가 발생하는 듯하다.

흔히 걷는 거리에 대한 기준은 제주가 훨씬 길다. 보통 이동할 때 30분씩 걸어서 다니는 것에 대해 상대적으로 심리적인 저항이 약한 편이다. 보통 제주에서 사촌이나 지인들이 서울에 와서 시간을 같이 보낼 때면 놀랄 때가 있다. 서울에서 지하철이나 버스로 이동해야 하던 거리를 그들은 아무런 심리적 저항 없이 당연하게 도보를 이용하곤 한다.

하지만 반대로 차로 이동하는 거리에 대한 심리적 제한은 제주가 훨씬 큰 편이다. 늘 교통체증과 한 시간, 두 시간씩 걸리는 출퇴근이나 약속 등에 익숙한 서울이나 수도권 사람들은 차를 타고 한 시간 이상 이동하는 일에 전혀 어색하거나 불편함이 없다. 하루에 편도 20~40킬로는 우스울 정도이며, 길게는 60~80킬로 되는 거리를 매일같이 출퇴근하는 분들도 많다. 하지만 제주에서는 한라산 때문인지 제주시에서 서귀포시로 넘어가는 것 자체에 큰 심리적인 저항선이 있다. 서울에서 경기, 그것도 경기 바깥쪽 지역으로 이동하는 것 정도의 심리적 저항이 있다.

심지어 한림에서 성산은 더 심하다. 동쪽과 서쪽 양 끝단 사이의 이동은 서울에서 대전 정도 넘어가는 심리적 거리가 있다. 이는 제주에서 생활하는 사람들의 심리적 거리이며 관광객은 해당하지 않는 것으로 보인다. 여행 온 이들은 하루 이틀사이에 제주도 전역을 구석구석을 누비는데 주저함이 없다. 늘 이동하던 거리와 다를 것이 없기 때문이다.

과거 구불구불한 5.16도로를 통해서만 산을 넘어갈 수 있었던 시절과 달리 도로 사정이 많이 좋아졌음에도 아직 그 심리적인 격차는 분명 남아 있다. 가운데 버티고 있는 한라산의 존재가 주는 영향이라 생각한다. 제주시와 서귀포시는 날씨도 기후도 조금 다르다. 하루에도 서로 극명한 날씨를 보여주는 날도 심심치 않게 많다. 같은 제주라고는 하지만 한국에서 제일 높은 산이 가운데 버티고 있으니 과거엔 왕래도 별로 없었고, 결국 사투리 억양도 차이가 나니까 말이다.

더 이상 삼다도가 아니야

예로부터 제주는 돌과 바람, 그리고 여자가 많다 하여 '삼다도(三多島)'라 불리어 왔음은 모두가 알고 있는 사실이다.

실제로 제주에서 돌을 구경하는 것은 어려운 일이 아니다. 화산섬 제주는 그 태생적인 특성으로 인해 섬 전체가 거대한 돌덩어리다. 산으로는 오백나한을 비롯해 곳곳에 자리 잡은 곶자왈이 있고, 돌담은 산과 마을을 가리지 않고 지천에 널려있다. 오죽하면 '흑룡만리(黑龍萬里)"라 하겠는가. 거기에 돌하르방으로 대표되는 제주의 석상과 마을의 액막이 역할을 하는 방사탑 또한 돌로 만들어졌다. 해안으로는 각종 기암절벽이 즐비하며, 집을 둘러보아도 정주석, 말방아, 봉덕, 곰돌 등 많은 기구가 돌로 만들어졌다. 심지어 과거 목석원도 있었고, 지금은 어마어마한 스케일의 돌문화공원이 있을 정도이다.

바람은 또한 어떠한가. 제주하면 떠오르는 풍경 하나가 풍차 아니던가. 풍력단지는 행원리, 김녕리, 동북리, 삼달리, 상명리 등 제주 이곳저곳에 자리하고 있고 여전히 풍차의 수는 늘어나고 있다. 육지 대비 수치적으로는 기온이 높은 제주의 겨울이지만 이내 매서운 바람에 콧물이 쏟아질 것이다. 실제로 사면이 바다로 둘러싸인 제주에는 연중 바람이 많이 분다. 바다로 둘러싼 영향이 크다. 실제 기상청 데이터를 보면 제주의 연평균 풍속은 초속 4.5m에 달해 제주가 육지보다 1.2~2배가량 강한 바람이 부는 것을 증명한다. 그래서 과거 제주의 초가집들의 지붕을 보면 육지의 그것과 그 형태에 차이를 보였다. 육지는 빗물의 스며드는 것을 고려해 경사가 급하게 지붕을 이었지만, 제주에서의 초가집은 유선형으로 지붕을 지었고, 집줄을 바둑판식으로 얽어매는 독특한 방식의 지붕양식이 발전하였다. 또한 제주 사투리만의 독특한 특성을 거센 바람 속에서 소통하기 위한 변형과 진화로 보는 시각도 있다.

여자 역시 해녀로 대변되는 제주의 여성상과 맞물려 의심해 본 적이 없다. 1600년대 간행된 김상헌의 '남사록'은 아주 오래전부터 제주에서는 남녀성비가 여자 비율이 높았음을 보여준다. 남자가 9,530명, 여자가 13,460명으로 남녀 성비가 근현대보다 훨씬 더 큰 차이가 있었다. 섬은 척박하고 사면이 바다인지라, 남성은 생활을 위해 바다로 나가야만 했는데 거친 바다에서 사고로 사망하는 경우가 많아서 그랬다 한다. 이러한 남녀 비율은 근, 현대에 와서도 계속된다. 1945년에도 제주도는 여성 100명당 남성 82명 수준의 성비를 보였고, 이후 각종 통계에서도 제주의 여성 비율 우세 현상은 계속되었다.

하지만 '삼다도(三多島)'라는 것은 엄밀히 말하자면 내국인 기준으로

2010년까지만 성립한다. 실제로 제주의 통계 데이터를 보면 여성 인구가 더 많았던 것이 사실이다. 적어도 2010년까지는 주민등록상 내국인 기준 인구가 여성이 남성보다 지속해서 많았다.

하지만 2011년부터 그 추이는 뒤집힌다. 2011년부터는 지금에 이르기까지 여성 인구수가 남성 인구수를 앞지른 적은 단 한 번도 없다. 가장 가까운 통계인 2020년을 보더라도 남성이 338,609명으로 제주 전체인구의 50.19%, 여성이 336,026명으로 49.81%의 비중을 차지한다. 제주에서도 남성의 인구가 여성의 인구 비중보다 0.38%p 더 많은 것이다.

과거처럼 남성이 뱃일을 나가 사망하는 일도 없어지고, 외부 인구 유입은 지속해서 늘어나니 어쩌면 당연한 결과인지도 모른다. 아마 시간이 흘러가도 과거와 같은 이유로 제주에서 여성이 남성보다 더 압도적으로 많은 비율을 보여주는 일은 이제 없을 것이다.

지금은 사드와 Covid-19 이슈로 조금은 잠잠해졌지만, 그 이전에 혹자는 '삼다도' 패러디로 돈과 자동차, 중국인 관광객이 많은 제주라고도 했다. 웃어넘기기에는 제주의 특성이 점점 바뀌고 있는 것이 사실이라 가슴이 쓰리다. 단지 인구통계의 남녀 통계 비율이 뒤집힌 사실이 중요한 게 아니라 점점 제주의 특성을 잃어가고 바뀌는 것들이 하나하나 증명되는 걸 눈으로 보면서 마음이 조금 복잡해질 따름이다.

개발과 훼손의 경계에서

제주 관광객들이 여행할 때 높은 만족감과 함께 가장 즐겨 이용하는 해안도로! 창문을 열고 바람을 가르며 해안도로는 파란 바다와 햇살이 부딪히며 낭만적 드라이브 분위기를 연출한다. 많은 관광객이 해안도로에 환호하지만, 밝은 이면에 숨겨진 사실은 바로 이 해안도로가 제주 훼손의 대표적인 시발점 중 하나라는 사실이다.

제주의 해안도로는 1984년 도두-공항-용두암 구간을 잇는 해안도로의 준공을 시작으로 본격적으로 집중 개발되기 시작했으며, 아직도 현재 진행 중이다. 문제는 이를 위해 공유수면이 매립되기도 하고, 자연경관이 훼손되기도 하며, 해안과 마을의 단절을 불러오기도 했다.

마을에 해안도로가 나면서 이를 따라 숙박업소나 카페, 식당이 기존의 풍경을 대체하며 마을의 모습은 변화한다. 월정리의 변절한 모습도 무관하지 않다. 해안도로의 개발은 해안의 모래 유실로도 이어진다. 이와 함께 생태계가 교란됨은 물론이다. 최근 해안도로 개발로 인한 알작지의 훼손은 어떠한가. 파도와 함께 몽돌들이 만들어내는 소리가 일품이었던 알작지는 이제 기억 속의 이야기이다. 놀랍게도 환경파괴는 아직도 진행형이다.

해안도로는 순간순간 드라이브하는 이들에게는 잠시 즐거움을 줄 수 있겠지만, 결국 해안도로를 따라 우후죽순 들어서는 시설물들은 바다와 경관을 망치는 가장 큰 요인이다. 제주의 모든 바다가 상업시설로 가득차고 옛 정취를 잃어버린 이후에는 과연 누가 제주를 찾을 것인가. 황금알을 낳는 거위의 배를 가르는 행위이다.

제주의 유적들에 관심을 가지다 보면 안타깝고 어이없는 경우가 많이 생긴다. 일제강점기 때 숱하게 훼손된 유적들은 분하지만, 타의에 의한 훼손이다. 그렇다고 우리는 우리의 유적을 소중하게 생각했는지? 제주의 읍성들과 진성, 환해장성, 연대, 도대불, 돌하르방, 역사적 유물들에 대한 가치평가가 이루어지기 시작한 것은 정말 얼마 되지 않는다. 그나마 복원되는 것들도 정확한 고증 없이 엉망으로 복원되는 경우도 많다. 연북정의 계단도 그렇고, 많은 연대나 등명대의 복원도 엉망인 것이 수두룩하다. 그래도 복원하고자 하는 의지가 있는 편은 그나마 낫다. 남아있는 유적조차 지금도 실시간으로 파괴되고 있다. 최근까지도 환해장성은 개인업자의 이기심으로 의해 훼손된 사례가 있다.

매립이나 항만개발로 인한 변화도 크다. 대표적으로는 제주 탑동을 들 수 있다. 매립은 단순하게 토지를 확장하는 것이 아니라 한 생태계의 종말을 의미한다. 그 자리에 오랜 시간 담겨왔던 역사와 문화, 추억을 같이 매립하는 것이다. 먹돌 해안이었던 탑동 해안은 본래 해녀들의 일터였고, 도민 누구나 보말, 게 등 하루의 먹을거리를 장만하고, 아이들에게는 놀이터였던 곳이지만 어느새 시멘트로 뒤덮이며 호텔과 마트, 따뜻함이 느껴지지 않는 평범한 광장이 그 자리를 채웠다. 철저하게 상업적인 개발이었고, 그 이익은 참여기업들에 돌아갔다. 병문천과 산지천의 복개는 어떠했는가. 산지천의 복개는 제주성의 역사를 묻어버리는 행위이기도 했다. 개인적으로는 서귀포항 수협 건물 일대의 매립과 도로 확장으로 어린시절 추억이 묻어있는 자연경관과 시골집을 모두 상실하기도 했다.

탐욕스러운 상업시설들의 진입 시도는 아직도 계속되고 있다. 비양도까지 케이블카를 설치한다는 계획, 곶자왈을 밀어버리고 동물원을 짓겠다는 계획, 송악산에 리조트를 만들겠다는 계획 등 제주를 아끼고 생각하는 마음이 조금이라도 있으면 감히 입에 올리지 못할 어처구니없는 시도들이 있어왔고, 지금도 계속 생겨나고 있다.

물론 모든 것이 영원할 수는 없다. 당장 우리들이 사는 집이 서있는 곳 역시 오래전에는 논밭이었고, 더 오래전에는 자연 그대로의 날 것이었을 것이다. 사람이 생활하기 위해 최소한의 변화는 피할 수 없다. 개발행위를 전면으로 부정하는 것이 아니다. 개인적으로 생각하는 훼손과 개발의 경계는 바로 탐욕이다. 자연을 파괴하는 개발을 통해 사적인 이윤을 추구하는 것은 훼손이다. 앞서 말한 리조트나 동물원 따위의 욕심은 명백하게 훼손이다. 하지만 그 반대편의 경계는 조금 모호하다. 그래서 논쟁이 생기고 갈등이 생긴다.

얼마 전 천왕사를 가다 보니 예전의 아름다운 진입로가 다 밀리고 대규모 공사가 한창이어서 놀란 적이 있다. 알고 보니 국립묘지 조성을 위한 공사였다. 끄덕일 수 있는 이유이다. 비자림로의 훼손은 개인적으로는 많이 화가 났지만, 이에 찬성하는 지역민들의 이야기도 완전히 허황한 것은 아니어서 가치를 어디에다 두느냐에 따라 충분히 판단이 갈릴 수 있는 문제이다. 제2공항도 마찬가지의 논제이다. 찬반의 입장차가 첨예하게 대립한다.

업자들의 훼손만 있는 것은 아니다. 제주의 많은 관광지는 사유지이거나 사유지를 거쳐 가야 하는데, 그동안 좋은 마음으로 개방했던 많은 곳이 일부 몰지각한 관광객들의 행동으로 출입금지가 되는 사례를 찾기는 그리 어렵지 않다. 그리고 점차 출입금지되어 볼 수 없는 곳들이 계속 늘어갈 것이다.

기술이 발달한 현대는 모든 것이 초고속의 시대이다. 그만큼 개발도 초고속으로 이루어지고, 이로 인한 제주의 훼손 속도도 과거 어느 때보다 빠르다. 내가 기억하는 불과 3, 40여 년 전의 제주와 지금의 모습 사이엔 상당한 괴리가 있다. 변화의 속도는 더 빨라지고 있어서 1, 20년 후의 제주의 모습이 어떨지 기대보다는 걱정이 앞선다. 그 훼손의 정도가 지나쳐 아무도 제주를 즐겨 찾지 않을 때가 올지 모르는 일이다. 이 예감이 틀리기만을 바란다.

에필로그

재외도민의 제주이야기

제주에 관한 관심이 커가는 분들을 위한 제주 이야기를 담고자 하였다. 그리고 개인적으로 제주에 던지고 싶었던 화두들도 담았는데 글재주가 미흡하여 잘 전달이 되었는지 모르겠다. 시중에 넘치는 여행 정보가 아닌 좀 더 진지하게 제주를 생각해볼 시간을 갖고자 했다. 물론 전문적으로 학회 활동을 하거나 논문을 쓸 정도의 전문성이 없어서 과연 내가 이런 책을 내는 것이 맞나 싶기도 했다. 그냥 제주를 많이 좋아하는 한 사람의 생각을 적은 에세이 정도로 읽어주셨으면 좋겠다. 이 책은 여행전문서적도, 학술자료도 아니기 때문이다. 그렇기 때문에 중간중간 독자분들과 생각이나 의견이 다른 부분이 충분히 있을 수 있다. 다른 의견이 있다면 언제든지 개인 블로그를 통해 말씀 주시면 같이 고민해 볼 수 있을 것이다

처음 제주 관련 블로그를 시작할 때의 생각이 난다. 다른 제주 관련 블로그

들을 보며 이 정도는 나도 할 수 있겠다는 자신감이 들었었다. 돌이켜보면 부끄러운 자만심이었다. 오히려 블로그를 시작하면서 제주에 대해 내가 모르는 것, 내가 가보지 못한 곳이 이렇게나 많다는 것을 깨달았다. 그리고 한 땀씩 글로 정리해나가며 그동안 어렴풋이 알고 있던 것을 체계화하는 작업을 몇 년 동안 꾸준히 해나갔다. 매달 수권씩 관련서적과 학술자료를 읽어보았다. 글에서 읽어 본 현장은 꼭 방문을 통해 교차 확인을 해보았다. 그렇게 공부하고 알아가면서 깨달은 점이 있다. 그동안 내가 제주를 너무 몰랐구나. 제주에 대해 잘 알고 있다고 으스대던 십여 년 전의 내가 부끄러워졌다.

책을 읽어보신 분은 아시겠지만, 문장이 그렇게 정제되어 있지 않고 세련된 표현도 없다. 미숙한 부분이 정말 많이 남아있을 것이다. 이를 보완하기 위해 사진과 그림 자료를 많이 준비했었지만 편집방향에 따라 책에 담지 못한 점은 깊은 아쉬움으로 남는다.

그럼에도 내가 경험하고 배워온 것들에 대해 적어나가며 체계적으로 한 번 정리할 수도 있고, 그 과정에서 또 새로운 것을 공부할 수도 있었던 기회였다. 그리고 이 과정은 훗날의 나에게 또 다른 발전의 밑거름이 될 것이다. 그래서 먼 훗날엔 이 책을 부끄러워하는 시기가 분명히 올 것이다. 하지만 그것은 내가 더 발전했다는 의미이기도 하므로 기쁜 마음으로 받아들일 것이다.

책을 내기에 많이 부족한 지식과 경험, 모자란 필력에도 불구하고 끝까지 읽어주신 모든 분께 진심으로 감사의 말씀을 전한다. 나와 제주의 연결고리를 이어주시고 언제나 듬뿍 사랑을 전해주시는 부모님께 감사드린다. 그리고 작업한답시고 주말마다 모니터 앞에만 앉아있던 나에게 타박은커녕, 언제나 응원으로 답해준 아내와 아이들에게 깊은 감사를 남긴다.